旺華国後宮の薬師 2

甲斐田紫乃

富士見L文庫

――蠱毒《こどく》。

旺華国《おうかこく》にも、伝説として残る呪術《じゅじゅつ》の一つ。

壺《つぼ》の中で蛇や蠍《さそり》に共食いをさせ、勝ち残った一匹から得られるのは、あらゆる生者を屠《ほふ》る猛毒であるという。

無論、そのようなものは現実に存在しない。

しかし数多《あまた》の妃嬪《ひひん》が住まう後宮は、まさに蠱毒を生み出す壺のような場所である。

皇帝の寵愛《ちょうあい》を得るために、あるいは栄華を得るために、女性たちは内に毒を持ち、見えない爪牙《そうが》を研ぎつづける。

さて、史書にて「薬妃」として名高い董英鈴《とうえいりん》は、その後宮でいかに振る舞ったか。

彼女が目指したのは『不苦の良薬』。

すべての人が、苦みも苦しみも感じずに飲める薬を処方すること。

果たして勝つのは後宮の蠱毒か、それとも後宮の薬師《くすし》か。

結末が見えるのは、まだ先の話。

英鈴は未《いま》だ己のさらなる運命を知らず――

ただ、薬童代理の任をこなしていた。

第一章　英鈴、再び虎穴に入ること

東に昇った眩《まばゆ》い太陽が、清らかな大気に満ちた秋空を、澄んだ青に染め上げていく。

大河による河川舟運と、豊かな大地の恵みによって発展する大国、旺華国《おうかこく》。その首都・華州《かしゅう》は臨寧《りんねい》の禁城にて、董英鈴《とうえいりん》は今朝もまた、主上に恭しく礼をした。

主上とはつまりこの国の皇帝、丁朱心《ていしゅしん》その人である。

「皇帝陛下には、ご機嫌麗しく……」

結いあげた黒髪の頭を下げつつ、吊《つ》り上がり気味の大きな目を閉じて、静かにそう告げる。

薬童代理としての、日に三度の謁見。数ヶ月前までは毎回ひどく緊張していたものの、今では少し慣れてきた。後宮と、あの蓮州《れんしゅう》でのお蔭《かげ》というのもあるけれど、理由としてはもう一つ。主《あるじ》である朱心の二つの顔を、よく知るようになったからだ。

「おお董貴妃《とうきひ》、よく来たな。待っていたぞ」

低くも穏やかで、温かい声。

数尺ほど離れた距離にある、黒檀《こくたん》で作られた椅子に座る朱心は、英鈴の礼に鷹揚《おうよう》に言葉を返した。

冕冠《べんかん》から垂れた艶《つや》やかな黒髪、すっきりと整った面貌《めんぼう》、凜々《りり》しい眼差《まなざ》しに穏やかな笑みを湛《たた》えた皇帝の姿は、威厳がありつつも温和、という雰囲気を纏《まと》っている。

だが、その実態は――

「……それで」

瞬時に、彼の表情と声音は酷薄に変化した。

「首尾はどうだ。この私を満足させられるものは持ってきたのだろうな？」

椅子に肘《ひじ》を置き、首を傾げた朱心の長い髪が、服喪を示す白い上衣の表面を滑っていく。その怜悧《れいり》な瞳がこちらをまっすぐに見つめているのを感じて、英鈴は内心、こう呟《つぶや》いた。

――やっぱり、こっちの顔でくるのよね。

首都近郊の薬店に生まれた英鈴が、こうして後宮で生活しているのは、すべて奇妙な巡り合わせのせいだ。かつての英鈴は、『不苦の良薬』――つまり、すべての人が苦みも苦しみも感じないような薬の服用法を作るのを夢見る、平凡な商家の娘に過ぎなかった。

それが宮女として入った後宮で薬茶を振る舞ったのがきっかけで、皇帝に拝謁することとなり、さらに薬童代理に任命され、毎食前に『飲みやすい薬』を提供するのが仕事となり――それだけでなく、いつの間にか、平民にあるまじき貴妃の座にまで就いてしまった。

（私がなりたかったのは、妃ではなくて薬師なのに……！）

たまに、内心でそう呟いてしまう。とはいえ制度上、女にはなれない薬師に――服用法を究めた薬師になりたいという英鈴の夢は、後宮の一角にひっそりと遺《のこ》されていた伝説の薬草園・秘薬苑《ひやくえん》の主となることも含めて、部分的に叶《かな》っていると言える。

それもこれも、目の前にいる朱心のお蔭。優しくおっとりした皇帝としての顔と、聡《さと》くも冷酷な私人としての顔を使い分ける、とんでもない陛下の差し金によるものだ。

「恐れながら、皇帝陛下」

拱手《きょうしゅ》しつつも冷静に、英鈴は口を開く。

「陛下より仰せつかったのは、『当帰健寿散《とうきけんじゅさん》』の飲みやすい服用法でしたね」

「そうだ。十日前に申し付けただろう」

何を今さら、という表情で朱心は言った。

蓮州での苦渇病《くかつびょう》騒動を収め、この禁城へと戻ってきたのがほんの十数日前。それからすぐに朱心から英鈴へと下された命令は、これまでと異なる新しい薬、『当帰健寿散』を飲みやすくすること、だった。

朱心が毎食前に飲む予定のその薬は、秋の冷えから身体を守り、気力を充実させる効能があり――ただし、山茱萸《さんしゅゆ》などが配合されているため、とても酸っぱい味がする。

甘党の朱心がそのまま飲むのを渋るのも当然な、彼にとっては『飲みづらい』薬である。

「よもや、今日までに立案できなかったなどと言うつもりではあるまいな？」

朱心の鋭い視線が、こちらを射抜く。いつもなら震えあがってしまうかもしれないけれど、こと薬に関しては話が別だ。

英鈴はまっすぐにその視線を受けつつ、こう告げた。

「いえ、まさか。ただ、開発できたのが『食べやすい』服用法でしたので……事前にお断りをと思いまして」

「ほう」

興味を惹《ひ》かれたように、朱心の眉《まゆ》がぴくりと動く。

「いいだろう。見せてみよ」

「はい」

英鈴が頷《うなず》くと、それに応じたように、後ろで動く人影が一つ。朱心の腹心の部下であり、美貌《びぼう》の宦官《かんがん》たる王燕志《おうえんし》である。

燕志は今日も象牙《ぞうげ》細工のような面持ちに柔らかな微笑みを湛《たた》えつつ、その銀髪を煌《きらめ》かせながら、すぐ傍へとやって来た。英鈴は傍らの盆の上に置いていた蓋《ふた》つきの皿を、静かに彼に渡す。

「董貴妃様より陛下へ、謹んでお持ちいたします」

燕志は滑らかにそう言うと、さらに恭しい仕草で、蓋を外した皿を朱心へと捧《ささ》げた。

皿に盛られている、つやつや光る緑色のものを一瞥《いちべつ》した朱心は、僅《わず》かに目を見開いた。

「ほう。これは……葡萄《ぶどう》か？」

「はい！」

期待通りの反応が嬉《うれ》しくて、思わず笑みを零《こぼ》しながら英鈴は答えた。

「杏《きょう》州から届いたばかりの、新鮮なものです。どうぞ、そのままお召し上がりください」

「……」

これが薬なのか？　と言いたげな目で、朱心はこちらを見た。

しかしこちらが何も言わないままでいると、やがて小さく唸《うな》ってから、彼は一粒を口に運ぶ。そして——

「……！」

ややあってから、少し驚いた様子で朱心は目を見開いた。

口の中にあるものを食《は》み、呑《の》み込んでから彼は言う。

「この葡萄の中に入っていたのはもしや……種ではなく、薬か。少し大きな種だと思っていたら、吐き出す前に口の中で溶けたようだが」

「その通りです」

英鈴は明るい声で言った。

「種の入っていた部分に、当帰健寿散を入れてあるのです。この薬はもともと散薬、つまり粉薬ですが、それを一度湯に溶かしたものを、蜜《みつ》と一緒にして固めて成型しました。一回分の処方を、六粒に分けてあります」

「ほう。どうりで、薬の酸い味が和らいでいたのだな。だが……」

別のもう一粒を指で摘《つ》まんで、朱心は続ける。

「固めてあったという割には、簡単に口の中で溶けたぞ。どういった理屈だ？」

「はい。溶けやすいよう、球ではなく輪の形になるように固めました」

はきはきと英鈴は答えた。

「球体に比べ、輪の形のものは穴が空いているぶん、より簡単に細かく砕けます。それにこちらは既に湯に溶かしてあったものを固めただけなので、咥内《こうない》の熱で柔らかくなり、さらに葡萄そのものの水分とすぐ混ざり合うため、簡単に溶けてしまうというわけです」

「なるほど」

じっと葡萄の粒を見つめる朱心の相槌《あいづち》を受け、他に言うことを思いついた英鈴は、言葉を重ねる。

「そして、葡萄は立派な生薬です。近縁にあたる野葡萄は、乾燥させた茎や根が関節痛などに用いられるほどなんですよ。同じ薬効そのものは葡萄の果肉にはありませんが、甘みには疲労回復効果があるうえに、適度に食べれば肌艶や健康にも……」

そこまで語って、朱心が面白いものを見るような目つきをこちらに向けているのに気づき、慌てて口を閉じた。

「あっ……！　し、失礼しました、陛下」

「構わん、いつものことだ」

――薬の話となると、つい必要以上に饒舌《じょうぜつ》になってしまう。自分でも直そうと思っているのに、どうして忘れてしまうのだろう。

ほんの少し赤くなってしまった頬をごまかしたくて、英鈴はこほんと咳払《せきばら》いした。

一方で朱心は、英鈴の前でよく見せる、美しくも妖《あや》しい薄笑いを浮かべている。

「お前の講釈はわかった。まあ、変わった趣向ではあるが……」

朱心は再び葡萄を指で摘まみ上げた。上品な所作でそれをおもむろに口に運び、咀嚼《そしやく》し、呑み込んでから続ける。

「存外に好ましい味だ。それにこれならば湯で服用する時と異なり、喉奥《のど》に粉が貼りつきもしないからな」

フン、と朱心は小さく鼻を鳴らすと、隣の小机に皿を置いた。そして笑みを湛えたまま、こちらをじっと見据える。

「ほんの十日でこの処方を考え出し、開発してみせたその手腕……相変わらずだと褒めてやろう。よくやったな、董貴妃」

「あ、ありがとうございます！」

よかった、気に入ってもらえた！　朱心の言葉を聞いた途端、喜びで胸が一杯になり、自然と鼓動が高鳴ってしまう。それがどういう意味を持つのか、自分ではよくわからない。

いや——才能を認めてもらえたら、それがたとえ何度目になることであっても、嬉しいに決まっている。

英鈴は不思議とまだ赤いままの頰を気にしながら、皇帝に深くお辞儀した。

しかし朱心は、そこで言葉を続けた。どういうわけか、意地悪く目を細めている。

「本当に、お前は相変わらずだ。その調子なら……」

にやり、とその口角が上がる。

「今日の紅葉饗《こうようきょう》でも上手《うま》くやれるだろう。緊張のあまり粗相でもすれば、どうなることかと思ったがな」

「えっ……！」

どきり、と心臓が音を立てる。これは明らかに、図星だったせいだ。

「ご、ご存じなのですね。私が、紅葉饗に参じると……」

「何を当たり前のことを。後宮の妃嬪《ひひん》たちが集う行事だ、この私が知らぬはずがない」

言われてみれば、その通り。けれどまさか、そんな心配までされていたなんて――

（一生懸命、あまり考えないようにしていたのに）

一度意識に上ると、つい紅葉饗のことばかり頭に浮かび、逆に緊張してしまう。というより、当帰健寿散の一件が解決したので、次の心配をする余裕ができたというべきか――

紅葉饗。それは妃嬪のうちでも従一品以上、つまり相当に高位な存在でなければ参加できない宮中行事の一つ。広大な庭で煌《きら》びやかな宴《うたげ》が催され、紅《あか》や黄に色づきはじめた木立や美しい青空を、集った皆で愛《め》でるという内容だ。

そして英鈴にとっては、貴妃となって以来――というより後宮に来て以来、一度もお目通りのない他の妃たちと会う初めての機会となる。さらに言えば、これが英鈴にとって初めての『妃としての』公務なのだ。それが、今日の正午に執り行われるのである。

（貴妃になってすぐの頃は、蓮州の騒ぎがあったから、あまり妃としての立場を気にしなくて済んでいたけど……）

旱魃《かんばつ》の問題も完全に解決し、こうして後宮で過ごすばかりとなった今、もはや妃としての立場は常に英鈴について回る。そもそも平民出の自分が高位の妃嬪になるだけでも完全に筋違いなのだ。礼を失したりすれば、大変な事態になるかもしれない。

きっと他の妃たち——妃は定員が四名なので、英鈴の他は三人になる——は、由緒正しい生まれなのだろう。あまりに高位な方々なので、ただの宮女だった頃から、その噂すらほとんど耳にする機会はなかったけれど。

それに他の、未《いま》だ会ったことのない嬪たちの中にも、ぽっと出の英鈴がいきなり貴妃として現れるだなんて認めない、という考えの人はいるだろうし——

（うう……）

なんだか、胃が悲鳴をあげたような気がした。後で自分のために、何か薬を煎《せん》じたほうがいいかもしれない。

そんなこちらの心中の葛藤《かっとう》を、どんな気持ちで眺めているのだろうか。頬杖《ほおづえ》をついた朱心はなおもにやにやとした表情で、完全に他人事《ひとごと》といった投げやりな言葉を放った。

「まあ、安心しろ。相手は同じ人間だ、その場で取って食われるわけではあるまい」

「そ、それはそうでしょうが」

「それに」

皇帝の視線が、傍らで静かに佇《たたず》んだままの燕志に向けられる。

「今日の宴に集うのは、恐らく妃のうちでも大人しい者たちだ。なあ燕志、そうだろう？かの者は、今回も欠席か」

かの者という語を強調するように、朱心は問う。

その時、英鈴は目を疑った。これまでどんな時も、凪《な》いだ河面《かわも》のように落ち着いていた燕志の表情が、一瞬だけ崩れたからだ。

驚いた鳩のように目を丸くした彼は、次いで、困り果てたような苦笑を浮かべる。

「……私めからは、なんとも。ただ、恐らくは主上のお見立て通りでしょう」

「そうか。では董貴妃には、安心して戦々恐々としてもらうほかないな」

それって矛盾してるんじゃ――と言いそうになるも、朱心の怜悧《れいり》な瞳《ひとみ》が再びこちらを向いたので、英鈴は言葉を呑み込んだ。

「お前も予想がついていると思うが、振る舞いにはせいぜい気をつけろよ。珍しい動物扱いなら幸運なものだ。悪くすれば、明日の朝には食事に毒が盛られているぞ」

「……！」

背筋を、ぞっとしたものが通り抜ける。

本当に、朱心の言う通りだ。

平民出で、薬関連の話で目立ち、しかも傍《はた》からは皇帝から寵愛《ちょうあい》されているように見える自分のような者は、周囲の嫉妬《しっと》心を掻《か》き立てるに決まっている。

朱心から薬に関する相談をされてすぐの頃、友人の雪花《せっか》を巻き込み、命の危険すらある嫌がらせを受けたのは記憶に新しい。まして今は、その頃よりもさらに立場が上になってしまったのだ。

それに朱心は先帝の服喪期間だというのを理由に、一度もどの妃嬪とも夜を共に過ごしていない。立后もまだだ。つまり、今は妃嬪のうちから自らが朱心に『選ばれる』べく、皆が鎬《しのぎ》を削《けず》っている状態というわけで――

(私は出世になんて興味はないし、巻き込まないでくれればそれでいいのに……！)

しかしそれでも、英鈴には怯《ひる》んでばかりはいられない理由がある。

(皇帝陛下から依頼を受けて服用法の研究ができるのも、秘薬苑を自由に使えるのも……全部、今のこの立場があるからだものね)

すべての人のために、『不苦の良薬』を提供できる薬師《くすし》になる。

それが、幼い頃からの英鈴の夢。

その夢のためなら、どんな状況にだって立ち向かってみせる。

そんな決意と共に英鈴は深く息を吸い、そして、まっすぐに朱心を見据えて口を開いた。

「食事に毒、ですか。しかし私には幸い、それを見抜く目と技がございます。私は妃であるより先に、畏《おそ》れ多くも陛下の薬童代理ですから。ご心配には及びません」

「ほう」

こちらの答えに、たぶん満足したのだろう。朱心は僅《わず》かに、瞳に穏やかな色を宿した。

「殊勝だな。だが、その意気だ。そうでもなければ困る……お前には、これからも死ぬまで励んでもらわねばならないのだからな。私のために」

なんとも自分勝手な言葉の響き。しかし英鈴の耳には、温かな応援のようにも聞こえた。

「紅葉饗は、妃嬪たちだけの宴――皇帝には参じる機会のないものだ。去就はお前に任せるが、私に恥だけはかかせるなよ」

「は、はい……！」

「話は以上だ」

いつものように一方的に話を打ち切ると、朱心はすっかりこちらから葡萄《ぶどう》に興味を移した様子でいる。彼はもう一粒、薬入りの葡萄を口に運んだ。

――かなり、お気に召したのかもしれない。

「どうした董貴妃。下がっていいぞ」

「あっ、はい。では、私はこれで」

英鈴は思い直した。たとえ妃たちがどんな人々であっても、まっすぐに向き合うしかない。

まずは実際に会って、話はそれからだ。

(薬学と同じ……思い込みは捨てて実情を把握して、対策はそれから！　もしかしたらとても親しみやすい方々かもしれないし……それに、私にはやるべき仕事があるんだもの)

薄緑色の衫《さん》の袖《そで》の中で拳《こぶし》を握り、英鈴は自分に気合を入れた。

＊＊＊

妃嬪のうちでも従一品以上の女性しか踏み入ることのできない、後宮の奥の庭。

木々の色とりどりの葉は、遠景に臨む山々を染める紅と合わさって、美しい織物のように目を楽しませる。辺りに漂うほのかな甘い香りは、丹桂《たんけい》の花のものだろうか――それともあちこちの皿に盛られた焼き菓子や柘榴《ざくろ》、蜜《みつ》がけの梨からだろうか。

しかしこの場のどんな艶《つや》やかな色合いも、甘い香気も、賑《にぎ》やかな女性たちの纏《まと》う美しさには負けてしまうだろう。庭に踏み入った直後、英鈴は素直に感嘆した。

今、広大な庭のそこかしこには椅子と小机が置かれ、着飾った妃嬪たちがそこに腰かけている。ごく少数の宮女たちだけが、傍に控えていた。

彼女らが笑いさざめき、あるいは庭をゆったりと移動する様は、まるで止まり木から止まり木へと飛び渡る小鳥のような――神話の女仙たちが集う秘密の園のような――

（まあ、こんなことを考えてる余裕があるのは、独りぼっちだからなんだけど……）

自分で自分にそう指摘して、密《ひそ》かに英鈴は落ち込んだ。

太陽が中天にやってきた頃、宴は和やかに始まった。元の生まれはどうあれ貴妃たる英鈴には、紅葉がとりわけよく見える席が用意されたわけだけれども、喜んだのも束の間、気づいた事実がある。

――この椅子、他の妃嬪たちから妙に距離がある。

言うなれば集団から一人だけ離された状態というか、全員の視線から外れる場所というか。一体、誰の差配だというのか。

女性たちは辺りを楽しげに行き来し、お喋《しゃべ》りに興じているけれど、英鈴に近づこうとする人物は誰一人いない。それでも頑張って英鈴から歩み寄り、声をかけてみたものの、どの相手もこちらが口を開いた瞬間に表情を硬くし、ごく表面的な挨拶《あいさつ》の後そそくさと遠くに行ってしまう。

そればかりか、年若い嬪のうちの一人——確か徐順儀《じょじゅんぎ》という人物に至っては、英鈴が話しかけた途端に宮女たちと共に身をよじらせ、いかにも嫌そうに顔を顰《しか》めて言った。

「あら、まあ。薬売りの董貴妃様」

一応「様」と呼んではいるけれど、明らかに敬意はまったく籠《こも》っていない。

その目つきからは、「平民が話しかけてくるな」という意思がありありと感じられる。

「今日もご精がでますこと。でも私、薬は間に合っておりますので。失礼」

立ち去る時まで、まるで押し売りを断るような口調だった。

(私が薬売りの娘だから、ってこと？　何も売りつけようとなんてしてないのに！)

そもそも、顔見知りがちっとも見当たらない。楊太儀《ようたいぎ》をはじめとした、面識のある人々はどこにいるのだろう？　嬪の知り合いに会えなくても、せめて同じ妃の位にある人々にだけでも、挨拶をしておきたかったのに——誰がそうなのかすらわからない。

(こんなに素敵な景色で、こんなに美味《おい》しそうな食べ物がたくさん並んでいるのに、全然楽しくない……お菓子を食べても、なんだか砂を噛《か》んでいるみたい……)

むろん英鈴にも御付きの宮女はいるけれど、彼女たちとは英鈴が嬪となって以来の付き合いで、しかも蓮州へ一緒に行っていないので、まだそれほど親しくない。というより彼女らもひどく居心地が悪そうな様子で、かなり後ろに控えていた。

この調子で誰ともろくに会話しなければ、誰に無礼を働くこともなく、ましてや毒を盛られるような目にも遭わないだろう。

けれどもひたすらに、気力を削られているような気分になってくる。

(気分が悪いって言って、帰ろうかしら……？)

こうして顔を出したのだから、貴妃としての務めはもう充分なのでは──などと、弱気な考えが頭をもたげはじめた、その時。

「董貴妃様！」

聞こえてきた高らかな声のする方角を、弾《はじ》かれるように見やる。

「楊太儀様……！」

思わず立ち上がった英鈴がそう声をかけると、華やかな美貌《びぼう》を誇る相手の女性──楊太儀は、礼の姿勢のまま首を横に振った。

「どうぞ、太儀とお呼びくださいまし。それにご挨拶が遅れてしまい、たいへん失礼いたしましたわ。わたくしの席が、ちょうどここの反対側で……本来ならばすぐにでも、こうして罷《まか》り越すべきところを」

「いえ、そんな。私もお会いしたいと思っていたので」

こちらがそう告げると、楊太儀は紅を引いた唇で弧を描いた。

楊太儀は、従一品のうちでは最高位の嬪《ひん》であり、華州で代を重ねてきた名族の出である。

当初は英鈴を敵視していて——雪花を巻き込んだ嫌がらせの主犯でもあった人物だ。しかし彼女の愛犬を英鈴が救って以来、楊太儀はまるで人が変わったように、英鈴に何かと便宜をはかってくれている。

「貴妃様、あれ以来、小茶《しょうちゃ》もお蔭《かげ》さまで元気に過ごしておりますわ。本当にあなた様からは、何度お礼を申し上げても足りないほどの大恩を……」

「い、いいえ！　こちらこそ、私がいない間に秘薬苑を手入れしてくださって、ありがとうございました」

蓮州から帰ってすぐの頃にも、同じようなやり取りをした。けれど太儀のまっすぐな好意は、何度でも心を温かくしてくれる。特に今のように、孤独な状況では。

よく見れば、太儀と個人的に親しい何人かの嬪たちもまた、こちらに向かって礼をしてくれている。返礼を終えた後、英鈴は、こっそりと太儀に問いかけた。

「あの、太儀様のほうが後宮にお詳しいでしょうから、お尋ねするのですが……私以外の妃の方々は、どちらにいらっしゃるのでしょうか」

「まあ、まだお会いしておられなかったのですわね。喜んでお教えしますわ」

太儀は庭の斜め向かい、ひときわ人々が多く集まっている一角に視線を送る。

「まずあちらにいらっしゃる、藍色《あいいろ》の衣をお召しの女性……あの方が、呂賢妃《りょけんひ》様。この国の皇家に長く仕える、名だたる武門の出でいらっしゃいますわ」

ご本人は、とても物静かな方でいらっしゃいますけれど――と、楊太儀は付け加える。

彼女が示す先を見てみれば、なるほど、と頷《うなず》けた。どうやら人が集まっているのは、呂賢妃が話しているからではなく、彼女の宮女たちが賑《にぎ》やかに話しているかららしい。呂賢妃本人は、人だかりの中心にあって、まるでそのさざめきなど聞こえていないかのように、微動だにせず座っている。

年齢は、英鈴よりも少し下だろうか。小さな口を真一文字に閉じ、淡い光を宿した瞳《ひとみ》は、定期的に瞬《まばた》きを繰り返しながら、じっと正面を見据えていた。透き通るような白い肌と小柄な体格、清楚《せいそ》に纏められた焦げ茶色の髪、何よりもその表情の乏しさは、どことなく彼女を人形のように思わせる。

と――視線に気づいたのだろうか。呂賢妃の宮女たちが、こちらに目を向けた。次いで彼女らは、何ごとかこそこそと囁《ささや》き合い、くすくすと笑っている。

（なっ……なんだか、馬鹿にされてる気がする……！）

しかし礼を失するつもりはない。英鈴は、彼女らに目礼を返した。

楊太儀もまた冷たい一瞥《いちべつ》を宮女たちに向けつつ、小声で説明する。

「気になさる必要はありませんわ、貴妃様。あの宮女どもは、自分の主《あるじ》以外は誰に対してもああですのよ」

それよりも――と楊太儀は、今度はちょうど反対側に視線を向ける。

そこでは一人の女性を中心とした、穏やかな集団が出来上がっていた。賑やかな呂賢妃の側の集まりと比べると、静かに紅葉を愛《め》でる楽しみを選んでいるらしい。こちらの女性のほうは、英鈴より少しだけ年上のように見えた。

すると、集団の中心にいたその女性が英鈴に気づく。緋色《ひいろ》の衣を纏い、黒髪に輝く翡翠《ひすい》の髪飾りをつけている彼女は、柔和な瞳を穏やかに細め、こちらに会釈してきた。英鈴もまた、戸惑いながらも返礼する。

「あちらにいらっしゃるのが、黄徳妃《こうとくひ》様。この旺華国でも随一の名家のご出身ですわ」

「名家……楊太儀様のご出身のような？」

「いいえ、わたくしの家などとても」

と、楊太儀は苦笑と共に首を横に振る。謙遜《けんそん》ではなく、どうやら本気のようだ。

「黄家といえば、五代に渡って三公を輩出した……つまり一族から政治の最高職に就いた方が何人もいらっしゃる、真の名族ですもの。黄徳妃様のお父君や兄君も、今上陛下の治世で要職を担っておいでですのよ」

けれど、と楊太儀は好意的な眼差《まなざ》しを黄徳妃に向ける。

「あのお方は、決して出自で人を判断などなさいませんわ。誰かを悪し様に言うことすら、ない方だと聞きますもの」

「そうなんですか……」

相槌《あいづち》を打ちながら、英鈴は改めて黄徳妃に視線を向けた。確かに太儀の言う通り、彼女は振る舞いからして穏やかな人物のように思えた。それに秋の日差しの下にあって、彼女の姿はきらきらと輝いているように見える。

そのたおやかな容貌《ようぼう》と、所作のせいだろうか。どことない儚《はかな》さを、英鈴は感じた。

けれどその理由を深く探るより前に、楊太儀の言葉によって現実に引き戻される。

「今いらしている妃様は、あとは董貴妃様だけですわね」

「あっ……では、やはり」

今朝の朱心との会話を思い出しつつ、問いかける。

「もう一人の妃様は、ここにおいでではないのですね」

「ええ。王淑妃《おうしゅくひ》様という方ですけれど、いつもこうした行事にはいらっしゃいませんの」

頬に軽く手を当てて、楊太儀は言う。

「実は、わたくしも一度もお会いしたことがございませんのよ。淑妃様は異国のご出身で、ひどく病弱でいらっしゃる……というのは、噂で聞いたのですけれど」

「病弱……」

それは気の毒だ。生来の虚弱体質なのだとしたら、薬では対応しきれない場合もあるけれど——何か手助けできないだろうか。余計なお節介をするつもりはないものの、ついそう考えてしまう。

（ん……？）

いや、おかしい。確か朱心は、今日の紅葉饗に来るのは『妃のうちでも大人しい者たち』と言っていなかっただろうか。まるでその王淑妃という人が、大人しくないという発言だったように思えるけれど。

英鈴が内心で首を傾げていると、賑やかな話し声が近づいてきた。ふとそちらを見やれば、やって来たのは呂賢妃の一団である。

相変わらず無表情な主を囲むようにして、あれこれと楽しそうに話しながらこちらに近づいてきた呂賢妃の宮女たちは、やがておもむろに立ち止まった。

英鈴と楊太儀たちの眼前――そう、紅葉に燃える山や庭の景色を、ちょうど遮るような位置に。

「まあ賢妃様、ご覧になって！」

ひときわ年長の、白髪交じりの宮女が口を開く。

「ここからだと、山を染める紅が美しいこと！　それにこの馥郁《ふくいく》たる花の香り……なんて素晴らしい。賢妃様の麗しさを、まるで引き立たせるようですわねえ」

「……」

賢妃は何も言わない。ただこちらを気にする様子もなく、じっと前を眺めている。つまり英鈴にとっては、彼女の背中しか見えない状態である。

見物の邪魔をするべきではないとも思うけれど――

（ええと……でもここは、改めてご挨拶するべきよね）

英鈴は一歩、彼女らのほうに歩み寄った。しかしその瞬間、例の宮女が、にわかに声をあげる。

「あら！　……何か突然、妙な臭いがしませんこと？　皆さん」

するとそれに呼応するように、宮女たちが口々に騒ぎはじめる。

「まあ。そういえば月倫《げつりん》様の仰《おつしや》る通り、何やら臭いますわねえ」

「本当ですわねぇ！　せっかくの花の香りが台無し……！」

「それに空気もなんだか淀《よど》んでおりますことよ？」

きょろきょろと彼女らは周囲を見回し――けれど、決してこちらを振り返ることはなく、ひたすら異臭を訴えている。

一方で宮女たちの主である呂賢妃は、なおも微動だにせず、一言も発していない。

それにしても――

(臭い？)

英鈴も気になって、辺りをくんくんと嗅《か》いでみる。けれど相変わらずほのかな甘い香りが漂っているばかりで、悪臭なんてしない。

(私、鼻はけっこう利くほうなんだけど……？)

訝《いぶか》しんでいると、横目で、月倫と呼ばれていた年長の宮女が英鈴のほうを向いた。

次いで彼女は、口元にいやらしい笑みを浮かべながら鼻を押さえる。

「あら！　何が臭いの元かと思いましたら、この辺りですわ。焦げた草木のような、かびた果物のような……なんとも場違いな、薬くさい臭いですこと！」

「え？」

英鈴が思わず驚きを漏らすと、宮女たちは次々とこちらに一瞥をくれてから、同様に顔をしかめたり、わざとらしく口元を覆ったりしはじめた。

「まぁあ、月倫様の仰る通り！　なぜここにこんな鄙《ひな》びた臭いが？」

「おお、臭い！　草や虫をすり潰《つぶ》して売ることしか能のない、下民が好きそうな臭いですわ」

「生まれの違いもわきまえずにしゃしゃり出る、賢《さか》しらな狐のような臭いですわねぇ」

――鈍い英鈴にも、ようやくわかった。やっぱり、私のことを言っているのだ！

「いい加減になさい！」

楊太儀が、眦《まなじり》を決して糾弾する。

「董貴妃様に向かって、なんという口の利き方ですの!?」

「あら、これは楊太儀様」

いかにも慇懃《いんぎん》にこちらを向くと、月倫たちは頭《こうべ》を垂れた。

「ご機嫌麗しゅう。それにしても、一体なんのお叱りでしょう？　私どもは、決して董貴妃様に何か申し上げたわけではございませんが……」

「まったくです。ただ、妙な臭いがすると申し上げていただけでございますよ」

「なっ……！」

いけしゃあしゃあと言ってのける宮女たちに、楊太儀は面食らう。それに付け入るかのように、宮女たちはさらに言葉を重ねた。

「楊太儀様こそ、臭いと言われて董貴妃様だとお思いになるだなんて……ご友人であるかのように親しくしていらしたのに、もしや存外薄情でいらっしゃるのかしら？」

「あら、あり得ませんわ月倫様。楊太儀様は、大切なお犬様を董貴妃様に救っていただいたそうですのよ」

「まぁあ、それは素晴らしいわ。さすがは董貴妃様」

でも——と、年若い宮女が嫌味な目つきで楊太儀を見やる。

「獣で無聊《ぶりょう》を慰めるばかりに、頭の中まで獣じみてしまってはコトですわよねぇ」

（なんてことを！）

頭にかっと血が上るのを感じる。楊太儀がどれだけ小茶を可愛がっているか知らないわけではないだろうに、どうしてそんな酷《ひど》い言葉を吐けるのだろう！

しかし、英鈴と楊太儀が顔を真っ赤にして抗議しようとすると、ふいに月倫がその宮女を窘《たしな》めて言う。

「こら、あまり思ったことを馬鹿正直に申し上げるものではありませんよ、喜星《きせい》。いくら私たちが、呂賢妃様とお話しししているだけだったとはいえ……ねえ、賢妃様？」

「……」

呂賢妃は何も言わないし、やはりこちらを見もしない。

けれど、あの宮女がわざとらしく主に話しかけた理由はわかる。あくまでも賢妃と話しているという体を保つことで、楊太儀がこれ以上口を挟んだり、自分たちを罰したりできないようにしているのだ。太儀と賢妃の地位が、懸絶しているからこその保身術である。

どうりで、顔を真っ赤にしたまま、楊太儀が歯を食いしばったわけだ。小茶との仲を馬鹿にされたのに——何より彼女が声をあげたのは、英鈴を庇《かば》うためだったのに。

いつの間にか、周囲にいた他の嬪や宮女たちが、こちらを遠巻きに観察している。押し黙ってしまった楊太儀、そして英鈴の様子を見て、太儀と共にいた嬪たちは心配そうな表情を浮かべている。しかしこの場にいる女性の半分ほどは、月倫たちにいいように言われているこちら側を見て、くすくすと笑いを零《こぼ》していた。

やっぱり後宮なんて、ろくでもない場所だ。何より、これ以上は——

(黙ってられない！)

頭だけでなく、腹の内にも、熱のようなものがぐるぐると渦巻いているのを感じる。

主が何も言わないのをいいことに、権力を笠《かさ》に着て他人《ひと》を侮辱するだなんて。

おまけに、薬のことまで——！

自分の生まれが平民なのは事実だ。薬売りの出なのも事実だ。だけどその技術まで、ましてや友人まで、馬鹿にされていい理由になんてならない!!

激しい怒りの感情を胸に、英鈴は呂賢妃の宮女たちに近づいた。

「……ご機嫌よう」

英鈴は、努めて冷静な口調で挨拶《あいさつ》した。

その反応が意外だったのか、月倫たちは一瞬驚いたような顔を見せる。しかしすぐににやついた表情になると、こちらに向かってわざとらしく、深々とお辞儀をした。

「ご機嫌麗しく、董貴妃様。本日は……」

「あなた方のうちで」

月倫の言葉をぴしゃりと遮って、英鈴は言う。

「これまでに薬を一度も使わなかった方はいますか？」

「いいえ、まさか」

何を言い出すかと思えば、という顔つきで、月倫は応《こた》える。

「私どもも、薬には何度もお世話になっておりますわ。本物の薬師《くすし》様のお作りになったものを……あぁ、市井の方には少し、縁遠いお店から買っておりますけれども」

「そうですか」

いかにも『お前は薬師じゃない』、『お前の実家のような下賤《げせん》の店には世話になってない』

とでも言いたげだ。

想定通りのその台詞《せりふ》に、怒りを通り越して呆《あき》れすら覚えつつ、英鈴は続ける。

「それはよかった。先ほどから『臭い』だの、『草や虫をすり潰して売る』だの……まるで薬という概念すらご存じでないようだったので、不安になって」

「なっ⁉」

鼻白んだのは年若い宮女たちだった。一方で月倫はといえば、変わらず余裕ある振る舞いで周囲を制止する。

「あぁら、なんのことでございましょう。私どもはただ、呂賢妃様とお話を……ねぇ、賢妃様」

「私は、あなたに話しているんですよ。月倫殿」

威圧するようにゆっくりと、英鈴は告げた。

「賢妃様に、何かご関係のある話題でしたか？　今のは」

「……！」

月倫が、僅《わず》かに苛立《いらだ》った様子を見せる。しかし楊太儀と違って、英鈴は出自がどうあれ賢妃と同じ妃だ。会話を遮れない理由はない。

宮女たちが怯《ひる》んでいる間に、英鈴は静かに語りはじめた。

「私は、妃である前に陛下の薬童代理です……薬や医術には多少心得があります。この辺りには薬の臭いなどしませんし、ましてや異臭などしません。失礼ですが、あなた方の鼻をお医者様に診ていただくべきでは？」

「何を……」

「それから」

英鈴はきっぱり言い放つ。

「どんな高級な薬店に世話になっておられるのか知りませんが、用心なさってくださいね。品性と性根の腐ったのだけは、どんな薬でも治せませんから！」

「なんですって！」

喜星と呼ばれていた宮女が、顔を真っ赤にして叫ぶ。

「う、後ろ盾もない平民のくせに、この私たちを……」

「あら、何を怒っていらっしゃいますの？」

口の端を吊《つ》り上げて、割り込んできたのは楊太儀だ。

「董貴妃様は、用心なさいと忠告なさっただけ……何もあなた方の性根が腐っているなどとは仰《おっしゃ》っていませんでしたわよね？　もしや、自覚症状でもおありなのかしら」

「なっ、な……！」

さっきの意趣返しを食らい、口をパクパクさせる宮女たち。すると彼女らの主人である呂賢妃が、ついにくるりとその身を動かした。

何か言われる——？　そう思い英鈴がつい身構えた、その時。

呂賢妃はこちらではなく、真横を向いた。その視線の先にいるのは、もちろん、英鈴でも楊太儀でもない。彼女が見つめているのは——

「こんにちは、呂賢妃殿」

黄徳妃だ！　鈴を転がすような声の彼女はにこやかに挨拶すると、今度は英鈴たちのほうを向いた。

「それに董貴妃殿、楊太儀殿も……お会いできて嬉《うれ》しいです」

「こ、こちらこそ光栄です。黄徳妃様……」

そのあまりにも堂々とした、身に沁《し》みついているかのような高貴さのあまり、なんだか彼女の背に、後光のようなものを感じてしまう。

英鈴は思わず気後れしながら挨拶を返したけれど、黄徳妃は特に気にした様子もなく、穏やかに笑った。

「ふふふ。どうぞ、様はお付けにならないで。同じ妃同士、どうか仲良くしましょう」

ところで——と、黄徳妃は眉《まゆ》を曇らせつつ、月倫たちを見やる。

「あなた方の発言、私の耳にも届いていましたよ。どうしてそんなに口さがないのです？　呂賢妃殿がいくらお優しいからといって、他の方への非礼は許されませんよ」

「………」

月倫たちは身を縮こまらせ、無言のままただ伏すように拝礼している。かといって、素直に従うつもりもないようだ。そんな彼女たちの姿に、黄徳妃の周りに控える宮女たちが冷たい視線を投げかけているのも気になった。

月倫たちから何も返答がないのを悟った黄徳妃は困ったように笑うと、呂賢妃に再び声を掛ける。

「ねえ呂賢妃殿、よろしければ私と一緒に紅葉を見ませんか？　あちらに、特別に用意してもらった美味《おい》しいお菓子もあるんですよ」

「……」

呂賢妃は、目だけ素早く動かして黄徳妃を見つめた。それから小さく、口を開く。

「――ご機嫌よう」

まるで鳥の羽ばたきのように微《かす》かな声。だがそこには、明確な拒絶が含まれているように英鈴には聞こえた。

呂賢妃は、伏礼したままの自身の宮女たちに視線を送る。すると、まるでそれが合図だったかのように、月倫たちは一斉に身を起こした。同時にこちらを見物していた女性たちも、ぱらぱらとその場を離れていく。

そして向こうへと去り行く呂賢妃たちの一行を、黄徳妃のお付きたちはなおも、鋭く睨《にら》みつけている――

「……呂賢妃様と黄徳妃様の一派は、いつもああですの」

こっそりと、楊太儀が耳打ちしてきた。なるほど、要するに仲が悪いらしい。

一方、ややあってから黄徳妃はこちらに向き直って一礼した。

「董貴妃殿。こうした行事に参加されるのは初めてだというのに、不愉快な思いをされるだなんて。先に後宮に住まう者の一人として、深くお詫《わ》び……」

「徳妃様！」

黄徳妃の宮女が、咎《とが》めるような声を発した。

「あなた様ともあろうお方が、このような平民出の者に頭を下げられるなど」

「やめなさい、圭雨《けいう》」

初めて黄徳妃の眼差《まなざ》しに、怒りの色が入り混じる。

「あなたこそ、この私に仕える者ならば礼を知るべきです。あなたは相手の出自や地位で、尽くすべき礼を尽くさずともよいと考えるのですか？」

「い、いえ！　申し訳ありません……！」

圭雨と呼ばれた宮女は主《あるじ》に、そしてこちらにも頭を下げる。

「あ、いえ、あの……私は気にしておりませんので」

英鈴はやっとの思いでそう告げた。実を言うと、少しほっとしたのだ。

後宮は高貴な女性たちの醜い争いの場だと、かつて英鈴の母は心配していた。

そしてその心配が杞憂《きゆう》などではなかったのだと、後宮に来て妃嬪となって以来、英鈴は思い知らされてばかりだった。

けれど今――知己となった楊太儀たちだけでなく、こうして黄徳妃のように穏やかに接してくれる妃もいるとわかり、なんだか救われたような気持ちになったのだ。

それから英鈴と楊太儀は、黄徳妃の傍で楽しいひと時を過ごした。徳妃が用意させたという、餡《あん》の入った小さな胡麻《ごま》団子と、香ばしいお茶。それに、賑《にぎ》やかなお喋《しゃべ》り。黄徳妃は、去年の冬に後宮で特別に公演したという芸妓《げいぎ》たちの、美しい舞いについて話してくれた。

美しい景色もこんな時間と一緒なら、真に愛《め》でられるような気分になるものだ――

こうして英鈴の初の宮中行事は、おおむね平穏に終わったのだった。

＊＊＊

翌朝。

（はあ……昨日のお喋りが効いたみたい）

割り当てられた居室にて一人、英鈴はごりごりと薬研《やげん》を動かしながら内心で独り言《ご》ちた。

作っているのは『澄声茶《とうせいちゃ》』――英鈴特製の薬茶の一つで、喉《のど》の炎症を抑える効能がある。朝起きた時に少し喉に違和感があったので、夏から残っていた材料を使って、早めに飲んでおこうと思ったのだ。

（さて、陛下への薬童代理の仕事も終わったし、朝ご飯も食べたし……今日は一日中、秘薬苑で過ごそうかしら）

秘薬苑に遺《のこ》されていた書物からは、古来伝わる処方に関する様々な知識が得られる。まだ半分の量も読めていないが、じっくり勉強する時間があるのは、この後宮暮らしのよい点の一つだ。真の『不苦の良薬』のための研究には、時間がいくらあっても足りないのだから。

そんなことを考えている間に、澄声茶が完成した。火鉢で湯を沸かして茶を淹《い》れ、ほっと一息——

吐いた頃、部屋の扉の外から、こちらに近づいてくる足音が聞こえた。この力強い足音、宮女のものではない。それに、燕志のものでもない。

（一体、誰が……？）

身構えていたところ、扉のすぐ前で立ち止まったと思《おぼ》しきその足音の主が、声をあげた。

——低く深い、知らない男性の声だ。

「失礼いたします、董貴妃様。私は左麗和《されいわ》と申す宦官《かんがん》です」

宦官・左麗和は、落ち着いた口調で続けて告げる。

「王淑妃様の使いで参りました。お忙しいところを恐れ入りますが、どうか、お時間を頂《ちょう》戴《だい》したく存じます」

相手が宦官となれば、何か用があるのだろう。断る理由もない。

「はい、どうぞ……」

反射的にそう応《こた》えてから、はっと息を呑《の》む。

さっき、この麗和という宦官はなんて言った？『王淑妃の使い』——と言ってはいなかっただろうか。

しかし留《とど》める間もなく、扉が開かれる。

そこに立つのは、年若い宦官だった。冠の下から赤みがかった茶髪を覗《のぞ》かせたその人物の目鼻立ちは、絵に描いたようにくっきりとしている。目尻《めじり》の部分に、ほんのりと赤い化粧を入れているのが印象的だった。

対面した麗和は英鈴を見て口角を上げると、なおも恭しく拱手《きょうしゅ》したまま語りだす。

「お目通りでき、光栄に存じます。董貴妃様のご高名はかねがね承っております」

「ど、どうも……」

ついたどたどしい返事をしてしまうのは、頭の中で後悔と警戒がぐるぐる渦を巻いているからだ。

王淑妃――昨日の紅葉饗で会ったどの妃よりも『大人しくない』という人物。

(陛下の言うことだから、何か別の意味が込められているのかもしれないけど……)

もしかしたら、例によってこれも何かの罠《わな》なのかもしれない。

今ここには英鈴一人しかいないし、油断はできない。英鈴は僅《わず》かに喉を鳴らしつつ、そっと袂《たもと》の中の獐牙菜《しょうがさい》の丸薬――胃にとてもよく効くが強烈な苦みを持つ必殺の薬を確かめる。

最近は使っていなかったけれど、いざとなったら袋から取り出して投げてやるつもりだ。

しかし麗和は落ち着いた、礼儀正しい態度を崩さずに続きを述べた。

「実は……後宮にあって薬師《くすし》の技に通じると名高い董貴妃様に、ぜひお願いしたい儀がございます。我が主・王淑妃のことです」

「……王淑妃様が、どうかされましたか」

「はい。主は長く体調が優れず、侍医の言いつけに従って療養に励んでいるのですが……処方されている薬についてお悩みで、ぜひ董貴妃様にご相談したいと」

そう言って目を伏せた麗和からは、企《たくら》みの雰囲気を感じない。けれど信用するわけには──と、これまでの経験が自身に告げている。

でも英鈴には、見捨てるわけにはいかない理由がある。

薬で悩んでいる──かもしれない人を見捨てて、何が『不苦の良薬』だろう。かつて亡くした弟にだって、顔向けできない。

「……その」

念のため、英鈴は問うた。

「王淑妃様のお悩みごとというのは？」

「申し訳ございませんが、それは直接会ってお話ししたいと、我が主が」

「そうですか……」

──やっぱり、少し怪しい。

（でも、ここは行くしかない！）

英鈴は覚悟を決めると、麗和に告げた。

「わかりました。では、王淑妃様にお会いします」

「おお！　誠にありがとうございます、董貴妃様！　深く感謝申し上げます」

麗和はぱっと輝くように表情を明るくすると、深々とお辞儀をした。

それから、英鈴は彼に従って――王淑妃の居室へと向かったのだった。

＊＊＊

（こんな場所、後宮にあったんだ……？）

昼なのに暗い廊下を進みながら、英鈴は思わず顔が引き攣《つ》る。ここは後宮でもかなり奥、この前呼び出された朱心の寝室『臥龍殿《がりゅうでん》』にも近い場所である。

しかしなんだか、全体的な雰囲気が妙に重苦しい。誰ともすれ違わないどころか、周囲から物音がまったくしない。ただ、麗和と自分との足音が響くばかりだ。

（……幽鬼でも出てきそう）

ふいに妙な想像をしてしまって、背筋にぞくりと寒気が走る。

「あ、あの、麗和さん」

「なんでしょう？」

振り返って立ち止まった相手に、おずおずと問いかける。

「ほ……本当に、王淑妃様はこちらに？　私、後宮にこのようなところがあるとも知らなかったものですから」

「ええ、主の居室はもうすぐ先です」

にこやかに麗和は続けて答える。

「この後宮は、建物自体を何度か増改築していると聞きます。この辺りは、かなり昔に建てられた場所だそうですので……古びた趣があるのは、きっとそのせいかと」

「な、なるほど……？」

確かに、長い歴史をもつ旺華国の後宮なのだ。

こんな廊下だって、あってもおかしくないだろう。こんな床がぎしぎし音を立てる――うら寂しい――何かが化けてできそうな場所があっても。

（とにかく、王淑妃様に会ってみると決めたんだから！　こんなところで怖気《おじけ》づいている場合じゃない……！）

英鈴はぐっと拳《こぶし》を握って気合を入れると、あえて笑顔を作って麗和に言う。

「す……すみません、引き留めてしまって。どうか先へ、よろしくお願いします」

「承知しました」

麗和は涼やかな所作で一礼すると、すたすたと廊下の奥へと歩いていく――

英鈴はなんとか、彼の背だけを見据えて先へ進んでいった。


麗和の言葉通り、王淑妃の居室に着いたのはそれからすぐ後だった。

通された部屋は、やはり薄暗い。大きな窓には幕布が張られており、広い部屋はすっきりとしていて、調度品は必要最低限のものしか置かれていなかった。隅に香炉があり、辺りにはほのかな白檀《びゃくだん》の香りが漂っている。

そして麗和に勧められて腰かけた椅子の真正面には、薄絹で作られたらしい天幕が張られている。その奥に、人影が見えた。どうやら、寝台の上に座っているようだ。

（あれは、王淑妃様……？）

訝《いぶか》しく思っていると、天幕の向こうから、か細い女性の声が聞こえてくる。

「……董貴妃殿、ですね」

「はっ、はい！」

うっかり挨拶《あいさつ》を忘れてしまっていた。英鈴はすぐに椅子から立ち上がり、礼をする。

「董英鈴です。薬のことでお悩みだと聞いて……」

「そう、本当に来てくださったのですね」

遠くから鳴る風の音のように微《かす》かなその声は、くすりと笑ったように聞こえた。

「麗和、よくやってくれました。そして貴妃殿、今日はお忙しいところ、ご足労いただきありがとうございます。どうぞ、お掛けになってください」

「あっ、はい」

英鈴は頭を振ると、椅子に座り直した。

「ええと、それで……いったいどんなご用件でしょうか」

「実は……ぜひ、貴妃殿に見ていただきたい薬があって。麗和、お見せして」

「承知いたしました」

麗和は恭しくお辞儀すると、きびきびとした動きで英鈴に一包の薬と、処方箋《しょほうせん》の書き付けを手渡した。

中を一読し、英鈴は思わず呟《つぶや》きを零《こぼ》す。

「これは……」

「その薬は、私に長年処方されているものです」

なおも天幕の向こうから、王淑妃は説明した。

「腕利きの侍医から、私の虚弱体質を改善するものだと……実際、それを飲むととても活力が湧くのですが……ただ、とても苦くて」

それで、その薬を飲みやすくしていただきたいのです――と、王淑妃は続ける。

「皇帝陛下のお薬の話のみならず、遠く蓮州でのご活躍も耳にしました。どうかそのお力で、私を助けてくださいませんか？」

淑妃は切々と訴えるように、そう告げた。

――普段の英鈴なら、一も二もなく引き受けただろう。無論、本心ではそうしたいと思っている。

けれど今、胸中に渦巻いているのは疑問だった。

一つだけ、どうしても気になることがあるのだ。王淑妃の本音とかそういったものでなく、今の話に関する事柄で。

「王淑妃様、私にお声掛けくださったことは光栄です。ただ、一つ伺ってもよろしいでしょうか」

我ながら、少し硬質な声音になった。それに驚いたのか、淑妃は「あら」と小さく発した。

「はい、なんでしょう」

「この薬を飲んで……本当に、淑妃様はお身体の具合がよくなるのですか。失礼ですが、思い込みなどではなく？」

「ええ、もちろんですわ」

王淑妃は続けて言った。

「本当にその薬は、私によく合っていますよ。侍医の言う通りに」

「……」

英鈴は、念のため再び処方箋に目を通した。

（おかしい。やっぱり、納得できない）

今の話と、この処方。どうしても見過ごせない、矛盾点がある。

もしかしたら——やはり、これは何かの罠なのだろうか。英鈴は一瞬だけ迷い、しかし、きっぱりと次の言葉を告げた。

「それは、おかしいですね」

「……」

一瞬の静寂の後、王淑妃は問う。

「どういう意味でしょう？」

「そのままの意味です。淑妃様、あなたに処方されている薬は『防風通仙散《ぼうふうつうせんさん》』、ですね」

渡された処方箋に書かれた名前と、薬の匂いや草木の特徴は合致している。

「『防風通仙散』は確かに、よく効く良薬ではありますが……その効能はお通じの改善や皮膚疾患の治療であって、気虚の状態に効くものではありません。そもそもこれは、体力が充実した人に処方されるべきものなんです」

つまり矛盾というのは、王淑妃の語った状況と薬の効能だ。

この薬は気力充実のためのものでなく、かつ虚弱体質の人に処方されるものではない。だから、これを『長年』『虚弱体質改善のために』飲んでいて、しかも『活力が湧く』なんていう状況はあり得ないのだ。

王淑妃が、嘘を吐いているのでもない限り。

「……」

天幕の向こうの彼女は、まったく口を利かなくなった。

(ごまかそうとしている？)

そうはいかない。薬に関することなら、何よりもハッキリさせておきたい！

英鈴は、さらに問い詰めるように鋭く言った。

「申し訳ありませんが、王淑妃様。どうか、真実を教えてください！　そうでなければ、私はあなたの依頼をお受けするわけにはまいりません」

きっぱりと、英鈴が告げると――

「ふふっ」

やがて、天幕の向こうから聞こえてきたのは低い笑い声だった。初めはこらえるようだったそれは、次第に大きく、はち切れんばかりの音になっていく。

「ふふっ……くくく……あはははははっ！」

それはとても明朗で、力強い声。それまでの王淑妃のそよ風のごとき声音とは明らかに異なる、しかし同じ女性が発しているのだとはわかる、そんな笑い声だった。

（どっ、どういうこと……？）

英鈴が戸惑っていると、隣に控えていた麗和が突然、はあとため息をついた。

次いで彼は、頬にたおやかに手を添えると、さっきまでとは打って変わって、どこかしとやかな声音で主《あるじ》に言う。

「あらやだぁ、ばれちゃってるじゃないですか淑妃様ぁ。もぉ、あれだけ普通の宦官《かんがん》っぽく見えるように頑張ったのにぃ」

「そう言わないで、麗和」

朗らかな声音のまま、淑妃は応《こた》える。

「そもそも、私に上手な芝居なんてできると思う？ ここまで付き合ってもらっただけでも、よしとしてほしいものね」

「あは、そうですねぇ！　そうですとも」

麗和は目をぱっと輝かせると、艶《あで》やかに腰をくねらせてこちらを向く。

「何より素晴らしいのは、董貴妃様の薬師《くすし》としての腕ですよねぇ！　淑妃様の嘘を完璧《かんぺき》に見抜くだなんて、感激しちゃう！　きゃあっ！」

心底嬉《うれ》しそうに、彼は黄色い声を発しつつ両手で頬を押さえた──まるで、恋する乙女のようだ。

「えっ……」

何がなんだか、わからない。

英鈴がひたすら戸惑っていると、王淑妃は小さく鼻を鳴らし、次いで麗和に命じる。

「董貴妃殿と対面して話したいわ。麗和、天幕を外して」

「仰せのままにぃ！」

嬉々《きき》とした様子で彼は返事すると、すたすたと天幕の傍に近づいた。幕に繫《つな》がる紐《ひも》に手を伸ばし手繰り寄せ、それに応じて布が壁際へと移動していく。

徐々に英鈴の目に見えてきたのは、王淑妃の意外な佇《たたず》まいである。

王淑妃は、輝くような銀髪の持ち主だった。見たところ黄徳妃よりさらに年上で、漆黒の衣がよく映える白い肌と、通った鼻梁《びりょう》、こちらを見据える理知的な切れ長の瞳《ひとみ》を持つ。

どことなくだけれど、知り合いの誰かに似ている――と、英鈴は思った。

美しいと同時に「凜々《りり》しい」という語が似合う淑妃は、今も寝台に座り、その片肘《かたひじ》を備えつけの机に乗せたまま、口角をふと上げた。

「改めて」

彼女は居住まいを正す。

「私は淑妃、王冥雀《おうめいじゃく》。ようこそ、董貴妃殿。はるばるこんな後宮の僻地《へきち》まで」

「い、いえ」

英鈴は、やっとの思いで口を開いた。

「ですが、あの、さっきのは一体……」

「申し訳ないわね。僭越《せんえつ》ながら、あなたの実力を測らせてもらったのよ」

長い髪を掻《か》き上げ、彼女は言う。

「ご存じと思うけど、後宮はくだらない噂だらけでしょ。名高い董貴妃が本当に薬に詳しい人物なのか、利に聡《さと》いだけの輩《やから》でないか、少し試してみたというわけ」

私のお付きの宦官の、麗和に命じてね。――と言いつつ、淑妃は彼に視線を送った。

試されたというのは、少し穏やかでない。彼女の目的はなんだろう。噂の真相を知りたいといった、興味本位だろうか？

　なんとも応えあぐねていると、王淑妃は続けて言った。

「ごめんなさいね。本当なら、直接私があなたのお部屋に出向いていけばよい話だったのだけど……ほら私、少し事情があって。あまり外を出歩けないのよ」

　そう言って、彼女は床に下ろしていた足をにわかに上げてこちらに見せた。

　美しい黒絹の靴で彩られたその足は――年齢を考えると、とても小さい。

（……まさか、王淑妃様は）

　顔には出さないようにしていた。でも、きっと見抜かれてしまったのだろう。

　王淑妃は大して気にした様子もなく微笑むと、正解を告げる。

「そう、纏足《てんそく》。この国じゃあ、もう何十年も前に廃された制度、よね？　確か。でも、私の国では貴族の女はみんなこうするのよ」

　こんなの、歩きづらいし走れないし、ロクなことがないのに――そう言いながら、彼女は自分の足をそっと撫《な》でた。

　英鈴も、纏足という制度があったのは知っている。「高貴な女性は自分の足で歩く必要がない」と示すために、幼いうちから足を圧迫し、大きくしないようにする処置のことだ。たいへんな苦痛と忍耐の末に完成するその足は、多くの男性を魅了していたという。しかし旺華国ではかつての戦乱の際、逃げ遅れた貴族の女性たちが大勢亡くなったのをきっかけに、随分と昔に廃止されていた。

でも淑妃は、『私の国では』こうすると語った──

「あの……失礼ですが、淑妃様のご出身は」

「北にある金枝国《きんしこく》よ」

足を再び下ろし、彼女は事もなげに言う。

「旺華国の大昔の戦争相手、今は同盟国……ふふっ、その同盟国が人質としてここに送ったのが私」

「ひ、人質？」

「ええ。もしまた金枝国が旺華国の領土を侵せば、首を切られる係ということ。弟も同じ役目ね。たった二人で来たっていうのに、あの子は宦官にされちゃったけど」

弟？と、英鈴がきょとんとすると、淑妃は「あら」と首を軽く傾げた。

「知らないかしら？　皇帝陛下のお付きの宦官よ。王燕志」

「あっ……！」

そう言われてやっと、燕志の顔立ちと王淑妃の顔立ちが頭の中で重なる。

それに「王」という名字も同じだ。まるで気づかなかったけれど。

（そっか……誰かに似ていると思ったら、燕志さんに似てたんだ！）

四人目の妃の話を朱心に振られた燕志が、いつになく動揺した様子を見せていたのは、もしかして自分の姉のことだからだろうか。

得心がいった英鈴に、淑妃は満足そうだ。

「やっぱりご存じだったのね。弟は元気？　あまりこちらに顔を見せてくれないのよ」

「あっ、お元気でいらっしゃいますよ。いつもとてもお世話になっていて……」

「あらそう！　よかったわ。なら、あの子に伝えておいて。次にここに来てくれたら、とっておきの傑作を読ませてあげるから、って」

王淑妃はそう言って、にんまりとしている。

「傑作……ですか？」

「そう。武侠《ぶきょう》小説、って知ってるかしら？」

こちらを見つめたまま、淑妃は片手で寝台の机の引き出しを開けた。中から取り出されたのは、墨で大量に文字の書かれた紙の束である。

「腕っぷしが強くて、義理人情に厚い戦士たちが戦いを繰り広げる大衆文学よ。くだらないと馬鹿にする人もいるけど、私はね……後宮での暮らしなんかより、こちらのほうがよっぽど痛快で、面白いと思ってるわ」

　そう語る淑妃の瞳は、とても真剣な色を帯びている。

「後宮なんて、来る日も来る日も女同士の策略と陰謀ばかり。それにね、悪いけれど私は人質だから、あまりこの国の行く末にも興味がないのよ。だから、毎日ここに籠《こも》って小説を書いてる。もう十四年になるかしら」

「十四年!?」

　つい頓狂《とんきょう》な声をあげてしまった。

「そ、そんなに長い期間……あ、でも陛下が皇帝になってから、まだ半年……」

「先帝の頃からここにいるの、私は。特別にね。知っているでしょう？　皇帝が崩御した後、後宮に囲われていた女たちがどうなるか」

「えっ」

　──そういえば、考えたこともなかった。

「いえ……存じません。どうなるんですか？」

「選択肢としては二つね。一つは実家に戻る。もう一つは『慈龍宮《じりゅうぐう》』……臨寧《りんねい》の片隅にある神殿で、龍神に祈る生活を送る。病で動けない人を除けば、だいたいはこのどちらかを選ぶのよ。人質として、後宮にいるのが仕事っていうのでもなければね」

「そうなんですか……」

つまり同盟国としての決まり事か何かで、金枝国から旺華国に送られている淑妃は特例なのか――と英鈴が考えていると、淑妃は続けて語る。

「十四年もいるとね、だいたい飽きてくるのよ。後宮の諍《いさか》いも通り一遍すぎて飽きるし、寵愛《ちょうあい》がどうとかもどうでもいいし……だから、小説の執筆に没頭しているわけ」

「あ、あの。では、虚弱体質というのは」

「もちろん嘘よ、決まってるでしょう？」

事もなげに王淑妃は言った。

「こんな髪の色と足だと、珍獣扱いされるし……それに出歩くのは面倒だし。だから虚弱ということで、ここに引き籠る口実を作っているのよ」

「寝台に座ってらっしゃるのは……？」

「ここでなら、小説書くのに疲れたら、すぐに横になって休めるでしょ？」

ころころと、朗らかに淑妃は笑った。

なるほど。どうやら王淑妃は、何か後ろ暗い企《たくら》みをもって英鈴をここに呼んだのではなく、人柄も――少し変わってはいるが、穏やかな女性のようだ。

でも結局、なぜ英鈴を呼んだのかについてはまだ教えてもらっていない。

それを問おうとした瞬間、先に声を発したのは、それまでじっと黙っていた麗和だった。

「ちょっと淑妃様、語りすぎぃ！　董貴妃様が戸惑ってらっしゃいますよぉ！」

「戸惑いの原因はあなたにもあるでしょ、麗和。相変わらず猫を被《かぶ》るのが上手なんだから」

(麗和さん、確かに全然性格が違う……)

たぶん、初対面からさっきまでの礼儀正しい姿は演技だったのだろう。淑妃ほどの人に仕えるとなると、演技力が高くなければいけないのか——などと思っていると、王淑妃が静かに口を開いた。

「『英淳江湖《えいじゅんこうこ》』、第三幕。新登場人物、馬雷信《ばらいしん》」

すらすらと彼女は言う。

「え……？」

「知ってる？」

「い、いえ」

「当然よ、私が作った人物だもの」

王淑妃はさらに、滔々《とうとう》と語りだした。

「この雷信の職業は薬師って設定にしたいんだけど、どうにも上手《うま》く生業を描写できなくてね。薬については私自身、まったく知らないわけじゃないけれど、やはり専門家とはわけが違うし。かといって出歩いて情報を集めるのは、私には無理」

そこでね、と彼女はこちらの顔面の中心に向けて指を突きつけた。

「あなたからネタを頂戴《ちょうだい》したかったのよ、董貴妃殿」

「わっ……私ですか」

「そう。だってあなたって、後宮ではここ十年の逸材だもの」

手を引っ込めると、また彼女は嬉《うれ》しそうに言う。

「皇帝の薬童代理を女がやるというのはもちろん、まさか疫病大流行《はや》りのところにまで自ら出向いていって、助けて帰ってくるなんて！　さらに平民出身で妃、でしょう？　素晴らしいわ。もし男なら、そのまま武俠小説に出せたと思う」

「あ、ありがとうございます」

感謝していいものなのかは不明だが、とりあえず褒められてはいるはずだ。

曖昧《あいまい》な気持ちで英鈴が礼を言うと、淑妃はふふふと小さく笑う。

「ま、ともかく……それであなたに頼みたいのは、ネタの提供よ。そう、これまでの人生とか活躍とか、なんでもいいからここで語ってちょうだい」

「なんでも、ですか？」

ネタ提供。話すだけというのなら手伝ってもいいけれど――

「あの……そんなに面白い話じゃないと思うのですが」

「そんなことないわよ！」

淑妃の目が、爛々《らんらん》と輝く。

「物語に活力を与えるのは、何よりも現実味よ！　現実味があるからみんな共感して読んでくれるの。私の作品は麗和か燕志くらいにしか読ませてないけど……ま、理屈は変わらないわね」

わかる？　と、彼女は英鈴の瞳《ひとみ》を覗《のぞ》く。

「私はあなた自身の本物の体験を知りたい！　だから、すぐに語ってちょうだい。大丈夫、決して変な改変はしないし、お茶もお菓子も出すから」

お願い――と彼女に乞《こ》われた英鈴は、薬そのものに関するお願い事ではなくても、これも一種の人助けだと思った。

そこでひとまず、自分の来歴と、昭儀になる前の出来事から語りだしたのであった。


「……なるほどねえ」

時刻にして、ほぼ半刻《とき》が経つ。すべてを話し終えた英鈴が、麗和が淹《い》れなおしてくれたお茶を啜《すす》ると、淑妃はふむ、と唸《うな》って言った。

「皇帝陛下があなたを妃にした理由……少し、わかる気がするわ」

「……！」

ふいに、胸がどきりと音を立てた。けれどそれを自分では認めたくなくて、何気ない態度で英鈴は質問する。

「それは、どういう理由でしょうか」

「殺されないため、よ」

はっきりと、淑妃は真剣な面持ちで言った。

「いいかしら？　あなたのように特別な技術で皇帝の寵愛を受ける者は、必ず嫉妬《しっと》される。それで大抵は、何か理由をつけて殺されるか追放されてしまうわけ」

「そ、そんな」

恐ろしいこと、と続けようとして止めた。

楊太儀だって、最初は英鈴を陥れようとしていたのだ。――それを思い出すと、納得できる。

一方で淑妃は、人差し指を立ててみせつつ語る。

「それこそ五十年も前は、この後宮にも『冷宮』があったと聞くわ。罪を犯した妃嬪《ひひん》を幽閉する懲罰部屋……もっとも、今は撤去されてるようだけれど……そういう場所は、自分に都合の悪い者を追いやるのにうってつけだったのよ。適当な罪を着せる、という方法でね」

「はあ……」

いかにも恐ろしげな話だ。しかし淑妃は、にこやかに語る。

「でも現代の、しかも妃ならそうはいかないわ。よほど確たる証拠でもなければ、簡単には処分を受けないものね。だから今のあなたの地位は、あなたを守るための陛下の計らいでもあるってわけ」

「……そうなんですね……」

自分の胸をそっと撫《な》でつつ、英鈴は呟《つぶや》いた。

そうか――妃の地位は、朱心の心遣い。

もっとも朱心のことだから、なんの見返りも要求せずにそんな処置をしたのではなく、ただ英鈴の技術を惜しんだからだと思うけれど――

(でも、惜しんでもらえたんだ。守ってもらえているんだ……)

そう思うと、不思議と力が湧いてくるように思えた。

こちらのそんな表情を、王淑妃が興味深そうに見つめているのに気づいたのは、それから数秒後だ。

「その表情いいわね。今度ネタにしていい？」

「おほん！　あの……ええと、お好きなように。それはそうと、納得できました。どうして私が妃になれたのか、理由を知りたいと思っていたので」

「私の憶測ではあるけど、当たっているといいと思うわ。それで」

と、にわかに淑妃は手を挙げた。すぐさま近づいてきた麗和に彼女が何ごとか耳打ちすると、彼はこちらに目配せしてから、部屋を出ていった。そこで、王淑妃は続けて言う。

「董貴妃殿に、忠告があるの……私、あなたのことが気に入ったし、個人的に応援したいから言うんだけれど」

再び髪を掻《か》き上げてから、王淑妃は告げる。

「死なないでね、董貴妃殿。あなたのような変わり種がいてくれないと、私は退屈で死にそうになるのよ」

「あ、あなたのためですか？」

思わず問い返してしまい、慌てて口を閉じる。

けれど淑妃は、やはり大して気にしていない。

「ええ、そうよ、私のため。その代わり、これから困った時はいつでも来てちょうだい。大した権勢もお金もない身だけど、経験だけはあるから、力になれるわ。それから」

と――彼女の視線が、こちらの背後の空間へと向けられる。

何かあるのだろうか、と振り返った英鈴は目を丸くした。

それに合わせ、王淑妃は言う。

「後宮を生き抜くには、腕利きの信頼できる部下が必要よ。彼女は私のほうで少しの期間だけど引き取って、鍛えておいたから……きっと役に立つわ」

「英鈴！」

眩《まばゆ》い笑顔を浮かべ、麗和と共にそこに立っているのは、雪花だった。

謀略に巻き込まれて実家で療養中だったはずの、英鈴の友人。

赤く爛《ただ》れていたその肌は、すっかり元通りになっている。

「雪花っ！」

居ても立ってもいられず、英鈴は彼女の元へ駆け寄り、その手を取った。

「雪花、久しぶり……久しぶり！　ああ、元気だった？」

「ええ、すっかり元気！　それより英鈴こそ、まさか妃様になっちゃうなんて……あっ、ちゃんと董貴妃様って呼んだほうがいい？」

「馬鹿！」

冗談めかして言う彼女を、嬉しさ紛れにぎゅっと抱き締める。――温かい。よかった、彼女はここにいるのだ。

「素晴らしい光景ね」

王淑妃はなぜか、机の上ですらすらと書き物をしていた。器用なことに、視線はこちらに向けたまま。

「参考になったわ。ともかく、今回のお礼は彼女。どうか雪花と一緒に、この後宮を生き抜いて……そして、面白い話があったらすぐに聞かせてちょうだい。ネタにするから」

「淑妃様はいつもそれよねぇ！　もう、ホント嫌になっちゃう」

「麗和は黙ってなさい。……いいかしら、董貴妃殿？」

書き物の手を止めて、王淑妃は問う。

英鈴は、彼女の目をまっすぐに見つめ返し──そして、告げた。

「はい！　ありがとうございました、王淑妃様！」

──こうして。英鈴は得がたい友との再会と同時に、この後宮における、奇妙な協力者を得たのであった。

その喜びに、明日には暗雲が立ち込めるとも知らずに。

第二章　英鈴、虎の尾を踏むこと

「そっか……あたしがいない間に、色んなことが起こっていたのね」

英鈴《えいりん》の居室にて、雪花《せっか》はしみじみとそう言った。

——時刻は、既に正午を回っている。

さっき朱心《しゅしん》の昼餉《ひるげ》に合わせて薬童代理の仕事を終えた英鈴は、今は久々に再会した友人との会話を楽しんでいるところだった。

雪花は療養を終えた後、白充媛《はくじゅうえん》の元に戻されるのではなく、いきなり王淑妃《おうしゅくひ》のところに連れていかれたらしい。そして主に麗和《れいわ》から礼儀作法のみならず、対外的な応対や護身術の類《たぐい》まで、あらゆる後宮暮らしの技術を叩《たた》きこまれたのだという。

「これからは、あたしが英鈴を助けるからね！」

元気よくそう言った雪花は、今度は英鈴のこれまでの話を聞きたがった。

英鈴は惜しまず彼女に来し方を語り——そして今、雪花はうーんと唸っている。

「英鈴がこれからここで上手《うま》くやっていくには……やっぱり、まずは安全の確保かしら。

秘薬苑《ひやくえん》のほうだって、ちゃんと警備の目を光らせておくべきだよね」

「秘薬苑の警備？　そんなの必要かな……」

「必要に決まってるじゃない！」

ちょっと憤慨した様子で、雪花は言う。

「英鈴の仕事に傷をつけたかったら、まずはみんなあそこを狙うでしょ！　従一品以上の妃嬪《ひひん》しか入れない庭にあるとはいっても、信用できる人たちばかりじゃないんだから」

数々の貴重な草木がある、大切な秘薬苑——しかし燃やされたり壊されたりすれば、儚《はかな》く消えてしまう場所でもある。英鈴は主《あるじ》として、あそこを守る責務も負っているのだ。

それに——と、雪花は続ける。

「ほら、もうすぐ『中秋の宴《うたげ》』でしょ？　宮中行事！　陛下だって参加されるそうだし、そういう大きな催しの前に限って、何か起こるものなんだから。注意はしておかなきゃ！」

「そ、そういえば……確かに」

雪花の言う通り、英鈴には紅葉饗《こうようきょう》に続き、中秋の宴に出るという公務も待っている。

秋は満月が大きく、力強く輝く時季だ。その満月がひときわ美しく輝く中秋節に、月を愛《め》でながら、龍神《りゅうじん》が齎《もたら》した実りと恵みに感謝して過ごす夜の宴。

それが中秋の宴であり、それ自体は、民間でも広く行われる催しである。

けれど宮中での中秋の宴は、個人がそれぞれに催す酒宴を除けば、ごく少数の者だけが参加する行事だ。つまり龍神の名代である皇帝と、その皇后・妃たち――この後宮に皇后はいないから、朱心と妃たち四人のみ。

(蓮州《れんしゅう》から戻ってすぐの頃の出席要請だったから、すっかり忘れてた)

思い出すと、今から少し気が重い。

「あっ、英鈴のお父さんとお母さんについては、安心していいみたい！」

かたや雪花は、明るい表情で言った。

「なんでも皇帝陛下が気を利かせて、董大薬店《とうだいやくてん》のほうには、英鈴が妃になったっていうのは内緒にされているみたいよ。まあ、急にそんなことを伝えて目立ってしまうのも危険だもんね」

「まあ……そうね。特にお母様がこんなことを知ったら、気絶してしまいそうだし……」

実家が危機に巻き込まれる心配がないなら、それでいい。

英鈴は、朱心の心遣いに深く感謝した。

「ねえねえ、ところで英鈴！」

と、雪花はこちらに身を乗り出す。

「もっといろんな話を聞かせてよ！　蓮州ってどんなところだったの？　紅葉饗は楽しか

った？　皇帝陛下とは、いつもどんなお話をしてるの？」

「ちょ、ちょっと！　そんなにいっぱい聞かれても……」

などと、戸惑いつつも——英鈴はその日たっぷりと、気の置けない友人との時間を過ごしたのだった。


——翌日。

昼餉を終えた英鈴が雪花と共に寛《くつろ》いでいると、扉の外から足音が近づいてくる。

「はいはい、あたしが応対する！」

雪花は意気盛んに立ち上がると、扉に近づいて、物静かに誰何《すいか》した。

「……ここは董貴妃《とうきひ》様の居室にございます。何用でいらっしゃいましたか」

すると外の人物は、僅《わず》かに怯《ひる》んだように息を呑《の》んだ。

「わ、わたくしは……楊太儀《ようたいぎ》でございます。貴妃様に緊急の用件があって伺いましたの」

(太儀様!?)

驚いたのは英鈴だけでなく、雪花も同じだ。特に雪花は太儀に澄声茶《とうせいちゃ》を飲まされて酷《ひど》い目に遭ったのだから、内心穏やかではいられないだろう。

「ねえ、雪花。あなた、向こうにいてもらっても……」

「いいの、英鈴」

英鈴が小声で問いかけると、きりっとした表情で雪花は応《こた》える。

「あたしは英鈴のために頑張るって決めたんだもの。あの時、あなたが頑張ってくれなかったら、死んでたかもしれないんだし……。それに太儀様だって、もう昔とは違うんでしょう？」

にこりと雪花は微笑み、扉の向こうの太儀に対して告げた。

「承知しました。それでは、お通しいたします」

すらりと、雪花の手で扉が開けられた。そこに珍しくお付きもなく立っていた楊太儀は、元から不安げな表情だったけれど——扉の隣に控える雪花を見て、さらに顔を曇らせた。

「あっ、あなたは……！」

「お久しぶりでございます、楊太儀様」

冷静に、きちんと礼の姿勢を取りつつ、雪花は続けて言う。

「こうして無事に、戻って参りました。董貴妃様とのことは存じております……それにどうやら、お急ぎのご様子。どうぞ、私めのことはお気になさいませんよう」

「……わかりましたわ」

楊太儀は、小さく頷《うなず》いた。

「あなたには、後ほどきちんと謝罪します。今は……董貴妃様」

「楊太儀様、どうされましたか」

来客用の椅子に腰かけた太儀は、やはり何か思案げだ。

（また小茶《しょうちゃ》に何かあったのかな……？）

不安に思ってしまうけれど、今回の用件はそれではないらしい。

実は、と声を発しつつ楊太儀が袂《たもと》から取り出したのは、小さな麻の布袋だった。

手のひらに収まるくらいの大きさで、手渡されたそれは、妙に軽い。中にかさかさとした何かが入っている――薬だろうか？

思わず眉《まゆ》を顰《ひそ》めてしまった英鈴に、楊太儀は真剣な眼差《まなざ》しを向ける。

「董貴妃様、率直にお尋ねしますわ。その薬茶、貴妃様がお作りになったものですの？」

「えっ⁉」

驚いた英鈴は、慌てて麻袋の口を開く。途端に鼻を突いたのは、なんともいえない異臭である。

（うっ……⁉　何、この変な臭い！　どこかで嗅《か》いだような、そうでもないような）

ともあれ、中を改めないといけない。

袋をさらに大きく開けると、見えたのは黒っぽい乾燥した草木――恐らくは黒茶の葉と、正体不明の黒い塊が混ざった何かだった。

相変わらず酷い臭いだ。それに黒茶はともかく、黒い物体のほうは見た覚えすらない。

英鈴は頭を振《かぶり》り、それから楊太儀に答える。

「いいえ。これは、私が作ったものではありません」

「やはり、そうですのね」

と——楊太儀は、ほっと息を吐く。

「いえ、安心もできませんけれど……でも、よかった。貴妃様がこんなものを、見境なく売りつけるはずがありませんもの」

「う、売りつける!?」

ぎょっとして、英鈴は身を乗り出した。

「ど……どういうことですか？　楊太儀様は、このお茶を一体どこで……」

「順を追って、ご説明しますわね」

楊太儀はまた眉を曇らせると、静かに語りだした。

「今朝、その薬茶をわたくしの宮女が持って参りましたの——董貴妃様がお作りになった『不苦の良薬』、安眠茶《あんみんちゃ》だと言って」

「安眠茶……？」

「飲めばすぐ眠くなり、どこまでも深く夢の世界に浸れるというので、近頃になって宮女たちや嬪たちの間で、流行《はや》りはじめているそうですわ。後宮のそこかしこで、眠りこけた女たちが転がっているとまで……この近辺は、そうではないようですけれど」

(何、それ……!?)

まるで棍棒《こんぼう》か何かで、頭を叩かれたような気分だ。

自分の知らないところで、誰かが自分の名前を騙《かた》っている。それだけじゃなく、『不苦の良薬』という名――理想に対して自分がつけた名前まで、勝手に使われている。

(そもそも、この安眠茶とやらの薬効が本当にそんなに強力なら……それは、下品の薬なんて言葉で済むようなものじゃない!)

薬は、薬効が緩やかで身体に悪影響を及ぼさないものが上品、使い方次第のものが中品、そして薬効が強力な代わりに危険なものが下品と呼ばれる。

しかし飲めばすぐに眠くなり、その場で眠りこけてしまうほどだなんて――そんなのは薬ではない。もはや、毒の域にまで達している危険物だ。

そんなものが、自分の名を冠して売られているなんて。

――握った拳《こぶし》が、ぶるぶると震えている。楊太儀は悲しげに首を振ると、続きを語る。

「わたくしは……お蔭様《かげさま》で、董貴妃様は薬茶をお売りになる際、必ず相手の体調などをお調べになると存じております。だから宮女がいきなり薬を持ってきた時、妙だと思いましたの。貴妃様なら、相手の顔も見ずに薬を売りつけたりなさいませんもの」

「ええ、その通りです！」

思わず勢い込んで、英鈴は強く言う。

「私はそんなこと……危険な薬効のあるものを、相手を見もせずに売ったりなどしません。私だけじゃない、まともな薬売りなら決してしないことです。一体誰が、勝手に……」

「失礼します、貴妃様」

雪花が、畏《かしこ》まりつつ口を挟んだ。

「一度、嬪たちの居室の様子をお調べになってはいかがでしょう？　よろしければ、私が調べてまいりますが」

「いえ雪花、直接私が行く」

強い決意を胸に、英鈴は告げる。

「どんな状況か、薬効がどんなものなのか、この目で確かめなきゃ。こんなの、放っておけないもの」

「えーっ、あたしに任せてくれてもいいのに……げほん」

つい普段の調子に戻りそうになった雪花は、咳払《せきばら》いする。

「……では、貴妃様の仰せのままに。私も少し、他の宮女たちの様子を調べてきます」

「わかった」

雪花に対して頷いてから、英鈴は楊太儀のほうに向き直った。

「太儀様、よければその宮女に会わせてもらえませんか？　詳しい話を聞きたいんです」

「ええ、もちろんですわ！」

力強く、楊太儀は承諾してくれた。

「董貴妃様のお名前を勝手に使うだなんて、許されない所業ですもの。お調べになるなら、わたくしもお供いたしますわ！」

「ありがとうございます！」

純粋な感謝と共に、英鈴は述べた。

この袋の中の安眠茶とやらは、ひとまず袂に仕舞っておく。これの正体を見定めるよりも、まずは状況把握と出所の調査が必要だ。

英鈴は楊太儀と共に、まずは彼女の居室まで向かった。

＊＊＊

楊太儀の部屋で、件《くだん》の宮女はすっかり怯《おび》えて震えていた。小茶が彼女を慰めるように鼻を鳴らして近づいていくけれど、楊太儀はさっと彼を抱きかかえ、再度宮女を問い詰める。

「わからないとは、一体どういうことですの⁉　お前がこの薬茶を持ってきたのでしょう！」

「も、も、申し訳……」

「待ってください、楊太儀様」

英鈴は慌てて声をかけた。

「まずは彼女の話を聞いてみないと。その……」

震える宮女に、できるだけ優しく声を掛ける。

「ではあなたは、この薬を先輩の宮女から貰《もら》った。けれど、その先輩がどこから薬茶を仕入れたかは知らない、ということですね」

「は、はい」

こくこくと、短く何度も宮女は頷いた。

「わ、私は、その薬茶は董貴妃様がお作りになったものだと聞いて……それならきっと、楊太儀様もお喜びになると。それに、安眠茶の噂は耳にしていましたし」

「実際に安眠茶を使ったという人は、身近にいますか？」

「はい……ええと、宮女が何人か。後は……」

告げられた名は、英鈴がよく知る人物のものだった。

この宮女の先輩にあたる宮女に話を聞くのは後にして、英鈴と太儀は、その人物の部屋へと向かう。


それは、最初に英鈴の主《あるじ》となった人物。英鈴の勧めた薬茶を褒めてくれて、他の嬪《ひん》たちに広めてくれた恩人であり——けれど楊太儀の巡らせた罠《わな》に英鈴が陥った時、助けてはくれなかった人。英鈴が妃嬪の一人となって以来、一度も顔を合わせていなかった。

「失礼します、白充媛様」

英鈴は今となっては懐かしい扉の前で、静かに声をかける。

しかしその中はしんと静まり返っていて、誰も返事をしてこない。

「……おかしいですわね」

楊太儀も首を傾げている。

(ひょっとして、何か起こってる……？)

「すみません充媛様、開けますね！」

英鈴は思い切って、扉を開けてみた。すると——

「！」

目に飛び込んできた状況に、英鈴は思わず硬直した。

――異常な状況だ。幾人もの宮女たちが、床に転がってすやすやと眠りこけているのだ。近くには、黒い液体の入った碗《わん》も転がっている。

その光景は、一見、幸せそうですらある。だが漂うのは、あの異臭――安眠茶だ。

しかもその宮女たちの真ん中には、白充媛がいる。相変わらず蜉蝣《かげろう》のように美しい彼女は、白い肌をさらに白くし、虚《うつ》ろな目で中空を見つめている。

部屋に踏み込んできた英鈴たちのほうを、一顧だにしない。

その口の端からは、細く唾液《だえき》が糸を引き――手には、やはり、安眠茶の入った碗がある。

「充媛様！」

急いで駆け寄り、彼女にもう一度声を掛ける。

「充媛様、私です、英鈴です！　しっかりしてください、一体……」

「あら、英鈴」

ようやく声を発した充媛は、しかし、やはり目の焦点が合っていない。

「あなたの……薬茶、とても……よく、効くわ。さすが、ね。これを飲めば……とても……眠くなる、もの……」

「それは私が作ったものじゃないです！　こんなもの……！」

充媛の手から碗を奪い、床に置くと、英鈴は手近な場所にあった水差しから、別の碗に水を注いだ。

（水を飲ませて、毒性を薄めないと！）

碗を充媛の口元に近づけ、傾ける。反射的に水を飲み込んだ彼女は、噎《む》せることはなかったが、それ以上は何も応《こた》えてくれず、静かに目を閉じた。

胸が上下しているので、ただ眠っているだけなのだろうけれど――

それにしても、この安眠茶とやらが、こんなに恐ろしい効果を持っていたとは。

快眠を齎《もたら》す薬自体なら、確かに英鈴もいくつか知っている。でもそれらは、直接人を眠らせるようなものではない。

むしろ不眠の原因となる不安感を和らげたり、冷え性を改善したりすることでよりよい眠りを導くというのが、この国の薬学での考え方だ。

当然、こんなに強烈なものは見聞きしたことすらない。

（こんな異常な薬茶……他の人の様子を見ればすぐに危険なものだとわかるはずなのに、どうしてみんなの間で流行っているの？）

今は何もわからない。

振り返れば、楊太儀は部屋に一歩も踏み込めずに恐怖に怯《おび》えていた。口元を覆った彼女はがくがくと震え、目元を潤ませながら呟《つぶや》く。

「誰がこんなものを……！　ど、どうして……！」

白充媛のほうに視線を戻し、英鈴も無言で頭《かぶり》を振る。

自分の名前を騙られている云々《うんぬん》ではなく、こんな薬茶が後宮で秘密裡《ひみつり》に流通している、そのこと自体が危険すぎる。これは明らかな事件だ。

（とにかく、誰かに充媛様たちを介抱してもらって……それから、出処を探らないと）

ゆっくりと立ち上がった英鈴は、楊太儀以外の視線を感じて背後を見やる。

いつからそこにいたのだろう。廊下には、大勢の宮女や幾人かの嬪たちが詰めかけていた。開け放たれた扉から充媛の部屋の中を覗《のぞ》き見ている彼女らは、一様に目を丸くし、そして英鈴のほうを見て顔を強張《こわば》らせている。――誤解されている！

「皆さん、この『安眠茶』は……」

英鈴は臆《おく》さずに、彼女らに向かって告げた。

「私が作ったものではないし、不苦の良薬でもありません！　薬ですらない、ただの毒です。絶対に手を出さず、もし持っている人がいたら、危険だと教えてください！」

「……」

しかし言われた嬪や宮女たちは、互いに顔を見合わせるばかりだ。

腑《ふ》に落ちない、釈然としない──あれは、あなたが作ったものではなかったのか。

無言ながらも、いかにもそう言いたげな様子だ。

(く……!)

信じてもらえない。──けれど、当然かもしれない。

だってこれが英鈴の作ったものでは『ない』という証拠はどこにもないのだから。

これでは英鈴が、自分の作った薬茶で恐ろしい事態が発生したので、とりあえず責任逃れしていると思われても仕方がない。

(誰が犯人か知らないけれど、なんてことを……!)

ぎゅっと握った拳《こぶし》が、また震えはじめた。

＊＊＊

──その日の夕方。

「ほう」

食事の部屋で対面した朱心は、事の顛末《てんまつ》を聞いて眉《まゆ》を跳ね上げた。

「それで、結局出処を掴《つか》むことはできなかった、と」

「はい……」

沈痛な表情で頷《うなず》くこちらの前で、朱心はいかにも興味深そうに鼻を鳴らす。次なる説明を求められているのだと解釈して、英鈴は続きを口にした。

「結局、楊太儀様の宮女が薬茶を貰った相手は見つかったのですが……彼女も、別の宮女たから買ったのだと。そしてその宮女を当たってみると、今度はまた別の宮女に貰ったと言って……」

七人くらい当たったところで、ついに相手は「数日前のことなど覚えていない」と言い出した。楊太儀は怒っていたが、本人が覚えていないと言う以上、どうしようもない。英鈴と太儀はそれ以上の追跡を諦《あきら》めた。戻ってきた雪花もまた、薬茶の出処を探り当てることはできなかったという。

そして今、英鈴は薬童代理として、皇帝に謁見している。

「皆には私が作ったものではないと言ったのに、信じてもらえない様子で。これからどうすればいいのか……」

英鈴の言葉に、朱心はクックッと酷薄に笑う。

「薬師《くすし》の技で鳴らすお前が、まさかその技のせいで苦しめられるとはな。お前を薬童代理に任命した、私にも責の一端はあるか？」

そんなことを言いながらも、皇帝は肘掛《ひじか》けにもたれてニヤニヤとするばかりだ。

（絶対、責任なんて感じていないじゃない）

内心むっとくるが、しかし、論点はそこじゃない。

気を取り直して、英鈴は告げた。

「ともかく、陛下、どうかお気をつけください。私の名を騙《かた》って、危険な薬茶を出回らせている者がいるようです」

「当然だ。私のほうでも、燕志《えんし》たちに調査させる。だが問題はだ」

朱心は、おもむろにこちらの鼻先を指さした。

「お前だ、董貴妃」

「えっ」

「わかっているのだろう？　これは明らかに、お前の声望を貶《おとし》めてやろうという何者かの陰謀だ。原因は十中八九、嫉妬《しっと》だろうな。これだから、抜きんでた者は苦労する」

私のように中庸を気取っていればよかったな？　と、朱心は嘯《うそぶ》く。

「お前が危険な薬茶を誰彼構わず売りさばきなどしないというのは、近しい者ならば知る事実だ。だが、他者はそうではない。一つ、警告しておいてやろう」

突き出していた指を下ろし、朱心は言う。

「これ以上厄介ごとを起こしたくなければ、明日の朝にでも嬪や宮女たちを集め、再度明確に告げておくといい。これは自分が作った薬茶ではない、と」

「もう一度、ですか？」

「今回のように事件のどさくさ紛れではなく、改めて堂々と、だ」

真剣な瞳《ひとみ》で、朱心はこちらを見据えた。

「人は多かれ少なかれ、相手の態度で以《も》ってその言動の真偽を測る。おどおどと真理を告げる者は信じられず、明朗に嘘を述べる者は信じられる」

「そういうものでしょうか……」

「お前は知らぬようだが、地位というのは、存外に役立つものだぞ」

朱心は再び、笑うような目つきに戻った。

「お前の貴妃としての地位は、お前を守る盾にもなる。貴妃がはっきりと告げたのなら、それは下位の者にとっては真理となる」

首を傾げた彼の、黒く豊かな髪が墨のように衣を流れていく。

「病も、初期症状のうちに治すのが肝要なのだろう？　それに、お前が声望を落とせば私の威光にも響く。早急に対応せよ、董貴妃」

「はい……」

朱心の命令はいかにも突き放したようだが、的を射ている。

早いうちに自分が犯人ではないときっぱり主張しておくこと――根回しをしておくこと。

犯人を捜すのは、それからでも遅くはない。

英鈴はそう納得し、薬童代理の仕事に戻った。

しかし時として、事態は人を待ってなどくれないものだ。

＊＊＊

その晩。

雪花や他の宮女たちを下がらせた英鈴は、居室にて机に向かっていた。

自分の身の潔白は明日皆の前で示すとして、この薬茶の正体を知りたかったからだ。実家から持ち込んだ薬学の書物、それに秘薬苑から持ち出してきた古い書物に先ほどからあたっている。けれど、残念ながら成果はまったくない。

ため息と共に本を閉じ、傍らに置いた麻袋をじっと睨《にら》みつける。

（こんな強烈な薬効なら、書物に残っていないはずがない。もし新しく発見されたものだとしたら、商人たちの噂に上らないはずがないし……）

つまりこの薬茶の正体は、必ずどこかに載っているはずなのだ。そう思って、精神に作用する草木の項目を片っ端から探っているというわけである。

「うう……」

ふらっ、と眠気に襲われて目を擦《こす》る。

あまり根を詰めてはいけないと雪花にも言われたものの、ここは精一杯頑張っておかなくては。早くに事件を解決しないと、被害者がどんどん増えてしまうかもしれないのだから。

英鈴は気を取り直して、また別の書物を手に取り——

そこで響いたのは、激しく扉を叩《たた》く音である。

「きゃっ⁉」

一瞬で眠気が吹き飛んだ。驚愕《きょうがく》と共に音の方角を見やると同時に、素早く扉が開け放たれる。そこにいたのは雪花だった。ひどく焦った様子である。

「英鈴、大変！　従一品の嬪《ひん》のところで、騒ぎが起こったみたい‼」

「なんですって……！」

立ち上がり、英鈴は雪花に駆け寄った。

「騒ぎって、一体どんな」

「例の安眠茶よ！　たくさん飲んだ嬪が、苦しそうにしてるって……！」

背筋を、ぞっと冷たいものが通り抜けていった。

——だから、飲んではいけないと言ったのに！

「……っ！」

英鈴は歯を食いしばると、さっきまでいた机の下に置いてある袋——最悪の事態に備えて置いておいたそれを、急いで引っ掴んだ。

「案内して、雪花」

「わかった！」

はしたないなどとは言っていられない。英鈴は廊下をひたすら駆け、雪花と共にその部屋に着いた。扉を開ければ、横たわっている女性がすぐに見える。

徐順儀《じょじゅんぎ》——紅葉饗の時に会った、あの嬪である。その顔はすっかり青ざめ、目は天井を見据えたまま瞬《まばた》きすらしていない。

その口は打ち上げられた魚のようにぱくぱくと動いていて、しかし、充分に空気を取り込めてはいないのだろうか。呼吸が止まってはいないようだが、明らかに弱々しい。

彼女の手の内には、大きな杯があった。中から零《こぼ》れた黒い茶と、その異臭からわかる。またあの安眠茶だ。通常の二倍以上の量を一気に飲んだせいで順儀はこうなっている！

（紅葉饗の時は、私と関わり合いになりたくないみたいだったのに。なぜ私の名を騙った品なんか……！）

順儀の周りには、何人かの宮女たちがいた。しかし、彼女らのうち半数は主人同様に安眠茶を飲んでいたのか眠りこけており、残りの半数は、あまりの事態に震えているばかりである。

「侍医は!?」

近くにいた宮女の一人の両肩を摑み、英鈴は叫ぶ。

「侍医は呼びましたか？　宦官《かんがん》の侍医がいるはずです、今すぐに呼ばないと！」

「あ、あう、そ、それは……」

「英鈴、あたしが呼んでくるっ！」

雪花がすかさず応答し、部屋を飛び出していく。英鈴は彼女に任せると、答えに窮している宮女を放し、順儀の近くに行った。

（私はお医者様じゃないし、正式な薬師でもないけれど、応急手当をしなきゃ！）

何もせずにいれば、順儀の命が危ない。

改めて、相手の呼吸と脈を測る。――かなり弱まっているが、自分で息ができていないというほどではない。けれど問題は、症状の原因が安眠茶の大量服用という点だ。

（そうだ……！）

治療の前に、知っておかねばならないことがある。先ほどの宮女に向かって、英鈴は再び問い質《ただ》す。

「順儀様がこのお茶を飲んだのはいつですか？　大量ですが、無理やり飲まされたのでは」

「い、い、いえ」

やっとの様子ではあるが、宮女は応《こた》える。

「お茶を飲まれたのは、つい先ほど、です……！　飲みはじめられたのは、み、三日前、私の同僚が飲んで心地よくなっているのを見て、きょ、興味を持たれたようで……」

下賤《げせん》の出である董英鈴が作ったものだというのは気に食わないが、自分の配下の宮女が心地よさそうなのは事実だと感じた順儀は、興味本位で茶を飲み、その効能に惹《ひ》かれた。

その後、より強い薬効を求めて、だんだん服用量が増していった結果――というのが、今回の顚末《てんまつ》らしい。

（……なんてことを！）

しかしこうしている間にも、安眠茶の強烈な薬効は徐順儀の身体を蝕《むしば》んでいく。

本来なら水をたくさん飲ませて体内の毒素を薄めるところだけれども、今回はそんな悠長な処置は許されない。

（これ以上身体に悪影響が出る前に、早く吐き出させなきゃ！）

決意を胸に、英鈴は持ってきていた袋の口を開く。――こんな強烈な薬、あまり使いたくはなかった。でも今は、こうするしか方法がない。

英鈴は部屋を見渡し、大きな盥《たらい》を持ってきた。そして、袋から小さな陶製の瓶を取り出す。

「いいですか、聞いてください！」

半分抱き起した徐順儀の耳元に向かって、はっきりと告げる。

「これからあなたに飲ませるのは、非常に強力な薬です。飲めばただちに猛烈な嘔吐《おうと》感が襲うと思います……でも決して抵抗せず、そのまま吐いてください。あなたの命に係わるんです、いいですね！」

順儀の目が、僅《わず》かに頷《うなず》く。英鈴は瓶の蓋《ふた》を開け、微《かす》かに甘い香りを漂わせるそれを、彼女の口に流し込んだ。

数秒後――

「う……!?」

一瞬白目を剝《む》いた徐順儀は、口元を反射的に閉じる。次いで、俯《うつむ》いた。

(来た！)

確信と共に、英鈴は先ほどの盥を差し出し、相手の吐くものを受け止めた。

彼女に飲ませたのは、『吐根《とこん》』という催吐剤。

遠い南方の地に自生する草木を用いて作られた薬で、今回のように、即座に毒物を身体から排出しなければならない時に使われる。

かなり貴重な薬だけれど、もしもの時のために持っていたものだ。

「うっ、ぐ、うえええええ……！」

とめどなく順儀は吐き出し続ける。盥を差し出す英鈴の袖《そで》にも、飛沫《ひまつ》がかかる。しかし、ここで逃げだしたりなどしない。

異音と悪臭が、眠りこけていた宮女たちを起こす。しかし彼女らはただ茫然《ぼうぜん》と、順儀と英鈴の様子を遠巻きにするばかりだった。

やがて、しばらく経った頃——

「えほっ……おぇっ……！」

順儀はどうやら、すべてを吐き出したらしい。何度か咳《せき》をする彼女に、ようやく動けるようになったらしい宮女の一人が、そっと手拭《てぬぐ》いを差し出した。

「あっ、う……うう……」

「気分はどうですか」

英鈴が問いかけると、順儀は大きく息を吐いた。顔色は未《いま》だに悪いが、自力で普通の呼吸はできるようになったらしい。

（よかった……！）

ほっ、と英鈴が安堵《あんど》の息を漏らすと――

「この無礼者！」

「わっ!?」

徐順儀が、諸手《もろて》で英鈴を突き飛ばした。突然のことに躱《かわ》せなかった英鈴は、その場に尻《しり》餅《もち》をついてしまう。盥の中身を零してしまわなかったのが、せめてもの救いだ。

しかし、順儀は一体――

「なっ、何を……？」

「何を、とはこちらの台詞《せりふ》ですっ！」

完全に頭に血が上った様子の徐順儀は、辺りを憚《はばか》らぬ大声をあげた。

「こんな恐ろしい茶を売りつけるだけでなく、私に……こんな……こんなはしたない真似をさせるだなんて！　不相応の地位を得るだけでは足りないというわけ!?」

「そんなっ！」

英鈴は思わず抗弁した。

「あれは私が売ったものじゃない！　それに先ほどのは、あなたの命を救うための処置です。さっきはあなたも、それに応じていたじゃありませんか！」

「知らないわ、そんなこと！」

まったく聞き入れるつもりなどないらしい。順儀はそう吐き捨てた後、はっ、といかにも何か重大な事実に気が付いたとでも言いたげな表情をする。

「そう……！　わかったわ！　これもあなたの策略なのね」

「えっ？」

「自分の薬でわざと事件を起こして、それを解決して……私も楊太儀様のように誑《たら》し込もうとしたんでしょうけれど、残念だったわね！」

――なんだって。

「違う、私はそんな……」

「ああ、恐ろしい！　これだから下賤《げせん》な商家の出の者など信用できないのだわ！　利に聡《さと》いだけでなく、人の命をも金のなる木だとしか思っていないだなんて」

徐順儀は口元を醜く引き攣《つ》らせながら、こちらを無遠慮に指さした。

「毒婦……まさに毒婦よ！　こんな女が妃だなんて、毒蛇に刺史をやらせるようなものだわ！」

その時、扉でがたんと音がした。見えたのは、幾人もの嬪《ひん》たちと宮女たちの姿。白充媛の時と同じだ。この騒ぎを聞きつけて、ここへやって来たらしい。

その囁《ささや》き声が、こちらの耳にも届く。

「ほ、本当かしら？　今の順儀様の言葉……」

「でも、この部屋のありさまを見て！　順儀様をあんな目に遭わせるなんて、やっぱり董貴妃様って……！」

「あの安眠茶、危険なものだったのね。貴妃様のものだというから安心して飲んでたのに」

──違う！

英鈴は必死に、彼女たちに呼びかけた。

「これは私のせいじゃありません！　彼女に吐かせたのは、命を助けるために……！」

あまりに想定外の状況に、心臓が早鐘を打っている。

きちんと説明すれば、わかってもらえると思っていたが、しかし、そうはいかないようだ。皆、英鈴の述べる内容よりも、目の前の凄惨《せいさん》な状況にしか意識が向いていない。

「吐かせたですって？　恐ろしい……」

「成り上がるためなら、自分より下の地位の嬪なんてどうでもいいんだわ！」

「そうじゃなくて……！」

再度英鈴は声を張り上げようとして、瞬間、夕方に朱心に告げられた警告を思い出した。

──人は多かれ少なかれ、相手の態度で以《も》ってその言動の真偽を測る。

堂々とこちらを糾弾する徐順儀に対し、英鈴は必死に抗弁するばかり。

これではまるで正当な批判に対し、汚い言い逃れをしているかのようだ。

いや──きっと安眠茶を蔓延《まんえん》させた犯人は、こうなることをわかっていたのだろう。

この安眠茶で事件が起これば、きっと英鈴がそれを解決しようとするだろうと。

そして、その安眠茶が英鈴の手によって売られたという嘘が罷《まか》り通り、かつ事件現場に英鈴がいるようにすれば、いずれ人々は疑念の目を、英鈴自身に向けるだろうと──

（……やられた！）

ぐっと歯噛《はが》みして、英鈴は俯く。そしてそれを周囲の者たちは、敗北宣言だと捉《とら》えた。

「何が董貴妃よ！」

勝ち誇ったように、徐順儀は言った。

「所詮《しょせん》平民出の娘などこんなものね、化けの皮が剝《は》がれたわ！」

汚れた衣にも構わずに、彼女は高笑いしてみせる。

――雪花が侍医を連れて現れたのは、それからすぐ後のこと。

しかし「順儀は放置すれば危険な状態だった」という侍医の証言など、その場の多くの女たちには届かない。

彼女たちにとって重要な『事実』はこうだ。――董貴妃が、名を上げるために徐順儀を犠牲にしようとした。

気落ちしたまま、英鈴は雪花と共に居室へと戻ったのだった――

＊＊＊

そして、半刻《とき》後。

英鈴は一人、秘薬苑の亭子《あずまや》の下にいた。

空には細い月が輝き、冴《さ》え冴《ざ》えとした光が薄く秋の庭を照らしている。古来伝わる貴重な草木と、美しい木々の紅に彩られた場所――けれどその美観は、今は英鈴の心を晴らしはしない。

（なんてこと……）

項垂《うなだ》れ、ため息をついても、状況は何も変わらない。

一人になりたくて、雪花に下がってもらってここに来たけれど、何か考えが浮かぶわけもない。

英鈴は、誰かの罠《わな》にまんまと嵌《は》められた。

そして後宮の女性たちのほとんどは、英鈴の悪評を、きっと信じてしまうだろう。

そうなれば——今まで以上に、後宮に居づらくなってしまう。

(いえ……私のことだけならいい)

危険な薬茶が出回ったままなのに、それをどうにもできないなんて。

「はあ……」

もう一度、深く英鈴はため息をついた。

「取り込み中のようだな、董貴妃」

聞こえたのは、低く冷たい、しかし心の奥底に響くような声。朱心の声だ。

「陛下……！」

相変わらず、足音を立てない人だ。驚いて立ち上がった英鈴は、しかし、月光を受けて夜の闇をくりぬいたように輝いて見える彼の姿から、そっと目を逸《そ》らす。

「ここまで、おいでになったということは」

口から漏れる自分の声は、ひどく暗いものだった。

「ご存じなんでしょうね。何が起こったのか」

「当然だ」

朱心は鼻を鳴らし、さらにこちらに歩み寄ってくる。亭子の下まで来ると、彼はそこにあった椅子に腰かけた。

英鈴は、僅《わず》かに慄然《りつぜん》とする。彼の目が、とても冷たく光った気がしたからだ。

けれど朱心は、静かに言葉を続けた。

「ものの見事に罠にかかった、か。遠き蓮州の村人より、近き後宮の女たちのほうが難敵だったか？」

「……敵、などとは思っていません」

真摯《しんし》な気持ちで、英鈴は応《こた》える。

「ただ、私を貶《おとし》めようとする人の執念がこれほどとは。私はここで薬師《くすし》への道を進めれば、それでいいのに」

「高邁《こうまい》な思想でも、それを好ましく思わない者は必ず現れる」

朱心は淡々と述べた。

「金子のように万民に好かれようとしても無駄だぞ」

「そんなことはわかっています！」

思わず声をあげてしまい、それから、英鈴はまた俯《うつむ》いた。

「……申し訳ありません。でも、私……せめて安眠茶のことだけでも、どうにかしたいんです。方法がわからないけれど……」

情報が乏しく、周囲は非協力的。八方塞《はっぽうふさ》がりだ。

聞き込みに回るといっても、もはや宮女たちは英鈴の言葉に耳を傾けてはくれないだろう。そればかりか、『董貴妃は火消し行為に必死だ』などと、さらなる悪評の原因とされてしまうかもしれないのだ。

それに、もう雪花や楊太儀に頼ることもしたくない。英鈴と彼女らがあまり親しくしていれば、彼女らにまでも累が及ぶ危険がある。

だから——もう、どうしたらいいのか。

正直な気持ちを英鈴が吐露すると、しかし、朱心は酷薄な笑い声をあげた。

「方法がわからない、か。なるほど。お前には、今回の騒動は手に余ると見える」

「……」

「ではそんなお前に一つ、私から命を下してやろう」

僅かに差し込んだ月明りが、朱心の龍顔《りゅうがん》を照らす。この世のものとは思えぬほど美しく、冷酷な面持ちを。

「董貴妃。お前の薬童代理の任を解く」

「……！」

聞こえた言葉の、意味がわからない。

「えっ……？」

震える声を絞り出しても、朱心の表情は変わらないままだった。

「聞こえなかったのか？　お前を薬童代理から外す、と言ったのだ」

「そんなっ……！」

「信じられないというつもりか？　そんなわけはなかろう。残念だが、お前の『悪行』を訴える匿名の陳情は、もう既に何件も届いていてな」

首を傾げ、彼はふっと酷薄に笑う。

「こうまで大事になってしまっては、もはや皇帝としても動かぬわけにはいかない。ただ、お前の容疑がどうあれ妃は妃。すぐには拘束されぬことを、幸運に思うのだな」

「……」

俯く。涙が零《こぼ》れそうになった。

そうだ、自分は――心のどこかで、依存していたのかもしれない。

きっと朱心なら、自分を認めてくれるのではないかと──見捨てられなどしないのではないかと。

でも、その結果がこれだ。

「っ……！」

喋《しゃべ》ろうとしても、喉《のど》が引き攣《つ》るように痛くなって、何も言えない。ただ、大切な薬童代理の任を解かれてしまったのだという事実が重すぎて、堪《こら》えきれそうにもない。

震える手で、自分の裙《くん》をぎゅっと握った。

そんな英鈴の姿に、しかし、朱心は動じた様子もない。

ただ告げるべきことは告げたとでも言いたげな表情で、彼は椅子から立ち上がった。

そして、こちらに背を向けようとしたところで──ちらりと、顔を向ける。

「クク」

朱心は、低く笑いを漏らした。

「まあ、手に余るのもむべなるかな、だな。出自はどうあれ、身分は貴妃である者に手を出せる人間など、この後宮でも数は限られる。つまり──」

犯人は、妃の位にいる誰かだろう。と、彼は告げる。

「え……！」

はっと目を見開いた英鈴が面を上げると、それに合わせるように朱心は続けた。

「しかしここでこうしてさめざめ悲しんでいるお前に、手を打つだけの意地などなかろう。せっかく任を解いてやったのだ、せいぜい好きなだけそうしているがいい」

「っ……！」

――あんまりな言い草に、つい文句を言いたくなる。

けれど大事なのは、彼のさっきの一言だ。

相手は、妃のうちの誰か――？

(もしかして)

手がかりを、与えてくれたのだろうか？

胸の奥に、灯明のように希望が蘇《よみがえ》る。

一方で朱心はというと、また酷薄に笑ってみせた。

「怖気《おじけ》づいたか？　だが、他に手はない。蛇穴であろうと、潜り込まねば疑念を晴らせぬというなら……できるのは、飛び込むことだけだ。器用者でないならな」

朱心の瞳《ひとみ》がまっすぐに英鈴を捉《とら》える。その瞳は冷たく、相変わらずこちらを試すようだが――それでも、突き放してはいない。彼は、さらに言葉を重ねる。

「そう、お前の夢――女でありながら、服用法を究めた薬師になりたい、だったか？」

フン、と彼は鼻を鳴らす。

「この程度の苦難をはねのけられなければ、薬師になるなど片腹痛い夢だ」

「……」

(やっぱり、そうだ)

皇帝陛下は、発破をかけてくれているのだ。

英鈴自身の夢のために、すべてを懸けて状況を打開してみせろと。

(なのに私ったら、また勝手に落ち込んで……)

気落ちするのはまだ早い。自分の夢のため、立ち上がらなければならないのは今だ。

「……陛下」

零れそうだった涙を拭《ぬぐ》い、英鈴はゆっくりと椅子から立つと、その場で拱手《きょうしゅ》して言った。

「それでは、お言葉に甘えて。……全力を以《も》って、疑いを晴らしてみせます！」

「ほう」

朱心は片方の眉《まゆ》を跳ね上げた。

「任を解かれたままの身で何ができるか、見ものだな」

任を解かれたまま――という言葉を聞いて、少しだけ胸の内に不安感が戻ってくる。

もしかしたら、永遠にこのまま、もう薬童代理には戻れないのかもしれない。

（いいえ……！）

――そうはさせない。想いを心の中で呟《つぶや》いて、英鈴はきっぱりと朱心に告げる。

「必ず、真実を明らかにしてみせます。私が薬童代理でなければ、陛下も薬をお召しになりづらくて、お困りでしょうから」

「ふっ」

こちらの目をまっすぐ見据えた彼は、なぜ笑ったのだろう――

その笑みは、どこか先ほどまでの冷酷なものとは違っていた。

「いいだろう」

朱心は英鈴に背を向けると、歩みだす。

「せいぜい励んでみせよ、董貴妃。私を失望させないようにな」

遠ざかるその背に向かって、英鈴はずっと拱手のまま礼をしていた。

それが決められた作法だから、というのではない。

再び心に火を点《つ》けてくれた、その心遣いに深く感謝したかったからだ。

（……負けない。薬を悪用して、私だけじゃなく、白充媛様や徐順儀様を……皆を傷つけた犯人を、私は絶対に見つけてみせる！）

夢を叶《かな》えるための戦いが、今再び始まったのだ。

第三章　英鈴、蛇に睨まるること

――翌日。

「なるほどね。それで、まずは私に話を聞きにきたというわけ」

王淑妃《おうしゅくひ》の部屋で、対面した彼女に向かい、英鈴《えいりん》はこくりと頷《うなず》いた。

今日も王淑妃は黒い衣を纏《まと》い、寝台を椅子代わりに泰然と座っている。

英鈴は、冷静に口を開いた。

「妃を調べるにあたっては、後宮に詳しい淑妃様のお話を伺うのが一番かと思ったのです。私は他の妃の方については、何も知らないと言っていいほどですし……」

――あれだけの騒ぎが起こった今、皇帝の名の下に『安眠茶《あんみんちゃ》』は使用禁止のお触れが出された。嬪《ひん》や宮女たちの部屋は片っ端から強制的に捜索され、見つかった安眠茶は速やかに回収され、禁城の外で処分されたという。

朱心《しゅしん》の手腕には舌を巻くしかないけれど、どうあれ、英鈴の嫌疑は変わらない。事態の打開のため、まずは王淑妃に会いに来たのだ。

「あら」

一方で、淑妃は目を細める。

「私があなたを貶《おとし》めた犯人かもしれない、とは思わないの？」

「その……あなたがもし本気で私を陥れようとしているのなら、病弱というのが嘘だなどと、わざわざ明かしたりはしなかったはずです。それに騙《だま》すつもりなら、今もこうして私の意志を確認したりしないでしょう。何より、あなたは燕志《えんし》さんの姉君ですし……」

「そう。それは光栄だわ」

眉を跳ね上げて、王淑妃は言う。その表情からは、どことなくだが、本気で嬉《うれ》しそうな雰囲気を感じた。

彼女は、そうね――と呟きながら、頬に人差し指を立てる。

「呂賢妃《りょけんひ》殿は、この国で一番の武門の出。そして黄徳妃《こうとくひ》殿はこの国でも並ぶ者がないほどの名家の出……というのは、知っているかしら？」

「はい。楊太儀《ようたいぎ》様に伺いました」

「では、この二人の派閥がいがみ合っているというのは？」

英鈴は、紅葉饗《こうようきょう》での彼女らの会話を思い出しながら応《こた》える。

「ええ、なんとなくは」

「そう。でもね、あれでも昔よりはましになったのよ」

――あれで、ましに？

軽く驚いた英鈴に、王淑妃はさらに説明を重ねた。

「あの二人が後宮に来たのは、今から八年前……今の陛下が立太子された時に、皇太子妃の候補として連れてこられたのがきっかけ。そして今もそうだけど、黄家と呂家は互いに反目しあっていてね。まだ小さいあの子たちも、それに巻き込まれたというわけ」

曰《いわ》く、黄家は呂家を『武に頼る野蛮な家』と罵《ののし》り、かたや呂家は黄家を『口先だけの佞《ねい》臣《しん》』と嘲笑《あざわら》い――決して相いれない水と油のような関係の両家は、当然、後宮内でも自らの娘たちを政争の道具としたのだという。

王淑妃は続きを語る。

「本人たちがどう思っていたのかは、今となってはわからない。けれど両家の争いは、次第にあの子たちの命そのものに危険が及ぶほどになっていって……それが原因だったのかは知らないけれど、その頃になってやっと争いは沈静化したの」

「沈静化、ですか？」

「つまり、今の状態にまで落ち着いたって意味。もう表だって互いを貶《けな》し合ったりはしないし、相手に仕える宮女を殺したり、毒を盛ったりもしない。でも、不倶戴天《ふぐたいてん》の敵であるのは変わりなし……って状態ね。それが、だいたい六年くらい前かしら」

至って何気ない調子で、彼女は言ってのけた。しかし聞かされた英鈴のほうは、たまったものではない。

(い、今の淑妃様の言い方だと)

表立って喧嘩《けんか》をしたり、宮女を殺したり毒を盛ったりしたのは全部、『もう起こっていた』ことだと取れる。

(それは確かに……今はましな状態だって言えるよね)

額に浮かんだ冷や汗を拭《ぬぐ》い、英鈴は問う。

「そ、それでは……例えば黄徳妃様と呂賢妃様が、協力し合って私を陥れようとしているといったようなことは、考えづらいのですね」

「あら、話が早いわね。その通りよ」

いつの間にか取り出している筆をくるくると手の内で弄《もてあそ》びながら、王淑妃は言った。

「だから単純に考えれば、犯人は黄徳妃殿か呂賢妃殿のいずれかってわけね。でも、油断はできないわ。実は、噂があるのよ」

「どんな噂ですか？」

こちらの質問に、淑妃は、唐突に筆を回すのを止めた。そしてそれを勢いよく机に置くのと同時に、仄暗《ほのぐら》い笑みを浮かべる。

「……聞きたい？」

「はい」

「あなた、怪談話の類《たぐい》は平気？」

「へ、平気ではないですが」

ごくりと喉《のど》を鳴らして、英鈴は真面目に応える。

「でも、必要な話なら」

「素敵な心掛けね。ま、本当にただの噂なんだけど」

王淑妃は、面持ちを明るいものに戻して続けた。

「この後宮に、『五人目の妃』がいるっていう話があるのよ」

「五人目ですか？　でも、それでは人数が……」

「そう、合わない。妃の定数は四で、それ以上は増えないはずだもの」

でもね——と、彼女はやや真剣な目になって言う。

「宮女のうちの何人かが、見たと言っているらしいの。妃のための食事や衣類、それに寝具の替えなどが……五人分、用意されているのを」

「えっ」

「それと、夜更けに庭に響く謎の呻《うめ》き声を聞いたという話もね。だいたい十日に一度くらいの頻度で聞こえてくるらしいんだけど、あなた聞いたことある？」

「い、いいえ」

昨晩のように、夜に秘薬苑《ひやくえん》に行ったことは何度かあるけれど、そんな恐ろしげな声を聞いた覚えはあいにく一度もない。

英鈴が首を横に振ると、王淑妃は少し残念そうな顔をした。

「そう。まあともかく、その呻き声の正体こそが、噂の五人目の妃じゃないかと言われているのよ……五人目の妃の、幽鬼が出てるんじゃないかって」

一層低く、恐ろしげな声で王淑妃が言うので、英鈴は思わず身震いした。

「ゆ、幽鬼が私を狙っているだなんて……あまり、思いたくはないですね」

「でしょうね。ま、重要なのは幽鬼が本当にいるのかじゃなくて、噂がこの状況に関係しているかどうかって点よ」

存外現実的なことを、王淑妃は言う。

「もしかしたら、あなただけじゃなく黄徳妃殿や呂賢妃殿の声望をも貶めるために、慮外者が五人目の妃として後宮に潜り込んで暗躍してるのかもしれない。でしょ？　幽鬼よりは、そちらのほうがよほど恐ろしいわよね」

「確かに……そういう可能性も考えられますね」

呻き声はともかく、本当に五人分の食事や衣類が用意されていたのだとしたら、何かが起こっていると考えて間違いない。

朱心はこの件について何も言っていなかったけれど——彼の性格から考えて、確証もない今の段階では、恐らくただの噂だと思っているのだろう。

(うーん……まずは、黄徳妃様と呂賢妃様のところにご挨拶《あいさつ》がてら話をそれとなく聞きに行って……噂について調べるのは、その後かな)

黄徳妃はともかく、呂賢妃のところに話を聞きに行くというのは気が重い。あの嫌味な宮女たちと、顔を合わせずに済ませるのは不可能だろう。

——でも、やらなければ。

英鈴は強い決意を再びみなぎらせ、軽くもう一度頷いた。

「貴重なお話、ありがとうございました。たいへん参考になりました」

「それは結構だわ」

にっこりと、王淑妃は微笑んだ。

「あなたの話、聞いていて飽きないもの。着想が得られるというか、なかなか……こうして気構えなくお話できる人って、本当に久しぶりだから。応援しているわ、董貴妃殿《とうきひでん》」

それと――と、彼女は言葉を続ける。

「応援ついでに、最後にあなたに見せたいものがあるの」

「なんでしょう？」

きょとんと英鈴が問いかけると、王淑妃は寝台の机から赤い紐《ひも》のついた小さな鈴を取り出し、ちりりんと上品に鳴らした。すると即座に扉の向こうから現れたのは、左麗和《されいわ》であった。

「お呼びでしょうかぁ、淑妃様」

「ええ。『あれ』を董貴妃殿にお見せして」

「かしこまりましたぁ！」

間延びした調子で拱手《きょうしゅ》すると、彼は懐から何かを取り出した。分厚い冊子――だろうか？

「さあ、どうぞぉ。董貴妃様」

「あ、ありがとうございます……」

差し出されるままに受け取ってしまったけれど、これは一体なんだろう？

戸惑いを隠せずにいると、王淑妃は軽く手で促してきた。

「開いて読んでみて。そうすれば、すぐわかるわ」

「はい……」

表紙をめくり、中を覗《のぞ》いたそこに書かれているのは――調度品や衣類などの品名と金額、併記されているのは各妃嬪《ひひん》の名前。

「帳簿……!?」

驚いて王淑妃を、そして麗和を見やると、彼女らは一様に頷《うなず》いてみせた。

「この後宮の妃嬪の、ここ数ヶ月の支出記録ね。あなたへの土産になるかと思って、麗和に持ってこさせたの」

（こさせた、って……）

こんなの後宮の最重要機密に近いもので、めったなことでは外に出ないものなのでは!? やっぱり信じられないような気分で麗和を見ると、彼は頭にコツンと自分の拳《こぶし》を当てて微笑んでみせた。

「頑張っちゃいました、私ぃ！」

「そ、そんな軽い調子で……」

「まあまあ、気にしないで。帳簿くらい、彼は慣れっこなのよ」

大した問題ではないという口調で、淑妃は言う。

「私もよく頼みごとをするから、その一環でね。ともかく、それはさすがに貸すことまではできないから、ここでよく読んで調べていってほしいわ」

「お返しいただいたら、後で私が元の場所に戻しておきますのでぇ。うふっ」

麗和がぱちんと目配せしてくる。

どう応じればいいものか、ちょっと悩むけれど――淑妃の言う通りなら、ここですぐに調べなければ。

幸い商家の出ゆえ、帳簿の読み方ならよくわかる。

英鈴は素早く紙面をめくり、怪しい箇所がないか調べていった。

怪しい箇所、つまり薬茶関連の記録だ。

(もしあの薬茶が、最近になって用意されたものなら……きっと、この帳簿のどこかにそれらしい記録があるはず!)

薬茶は、嬪や宮女たちの間で広く出回っていた。ならば、事前にそれなりの量が後宮に持ち込まれていたはずだ。

すると薬茶の購入はどうしても大規模なものになるから、後宮の出納係に気づかれずにこっそりと買うなどという芸当はほぼ無理である。

要するに、たとえ薬茶であるのは伏せられていたにしても、大量の薬の購入という形で記録が残っているはずだ。

さらにそれが新規購入として記載されているのなら、ますます例の薬茶である可能性は高くなって――つまり、その購入主が怪しいと考えることができる。

英鈴はそう期待して、どんどん紙面をめくっていった。

しかし、結局のところは、それらしい記述は見当たらない。

(黄徳妃様も呂賢妃様も、大量に薬を買ってはいる――けど、どれも美容や健康増進のためのものばかりだし、特におかしな購入記録とはいえない。もしこの中のどこかに薬茶が紛れ込んでいるんだとしても、帳簿上は隠されていて、ここからはわからない……)

帳簿から犯人を見つけ出すのは、やはり難しいのだろうか。

少し気落ちしつつ帳簿を麗和に返そうとして、しかし、英鈴はある記録に目を留めた。

「ん……？」

(徳妃様、どうしてこんな薬を買っているんだろう？)

彼女が買ったと記録にあるのは、『桂枝《けいし》茉莉《まつり》丸《がん》』。それ自体は穏やかかつ優れた薬効をもつ、それなりに有名な薬なのだが――

(この薬は、四十代や五十代の女性が、身体の冷えや月経の問題に対処するために飲むもの……だから、黄徳妃様のように若い女性が飲む薬じゃない)

無論、若い女性が飲む事例がまったくないとまでは言えない。けれど、珍しい処方ではある。英鈴はなんとなく、このことを心に留め置くことにした。

それから麗和に帳簿を返すと、王淑妃の部屋を退出したのであった。

王淑妃に相談をした、その日の昼。英鈴は居室で机に向かい、頭を悩ませていた。

呂賢妃と黄徳妃に話を聞きに行く、という方針自体は変わっていない。面会の約束は、雪花《せっか》が頑張ってくれたお蔭《かげ》で、なんとか明日に取り付けることができた。

しかし挨拶に行くにしろ、手土産が必要なのでは――と思うと、どうも悩んでしまう。

(商談の席でも、お土産があるのとないのとでは、相手の反応が全然違うものだし……)

今まで他の妃嬪の部屋を訪問した時は、見知った仲だったか、相手に招かれているか、もしくは緊急事態の場合だけだった。でも、今回は違う。こちらからわざわざ会いに行くのだ。

そして会いに行くからには、相応の礼儀というものがある。

けれど、自分よりもはるかに高貴な出自の人間が一体何に喜ぶのか――英鈴には、それがわからない。

(私は薬以外じゃ、お化粧にも綺麗《きれい》な服や宝石にもたいして詳しくないし……第一知っていたとして、そういうものを急に用意なんてできないもの)

本来なら健康増進に役立つ薬茶でも用意して持っていきたいところだが、こんなに悪評がばら撒《ま》かれている状況で、英鈴の作ったそれを飲みたいだなんていう奇特な人はほぼいないだろう。

「ねえ雪花、何かいい案は浮かんだ？」

「うー……ん」

腕組みし、蹲《うずくま》った雪花はきっぱりと言う。

「ごめん、わからない！　麗和様に人付き合いの極意は習ったけれど……普通こんなにこじれた人間関係の時は、わざわざ付き合おうとしないのが鉄則だってことしか」

「そうよね……」

朱心が言っていた通りだ。自ら蛇穴に飛び込んでいくような真似を、英鈴はしようとしているわけだ。

（こうしている間にも、時間は過ぎていくばかりだし……）

なんとかしないと、最悪の場合、後宮から追い出されてしまう。

とは言っても――と考えが煮詰まり、英鈴と雪花が同時に唸《うな》った、その時。

「こんにちは、董貴妃様」

「きゃっ⁉」

英鈴と雪花は、同時に悲鳴をあげた。いつの間にやら、燕志が部屋に入ってきていたからだ。

彼は今日もまた、秋の夜の虫の音のように穏やかな微笑みを浮かべている。その手には、漆塗りの平たい箱を捧《ささ》げ持つようにしていた。

「突然立ち入りまして、申し訳ありません。何度かお声掛けしたのですが、お返事がなかったものですから」

「い、いえ……こちらこそ気づかなくて……」

二人で謝ったが、燕志の笑顔は変わらない。

「ところで貴妃様、本日は主上のご命令で参りました。これからしばらくの間、あなた様のお側付きとなるようにとのことです」

「お側付き？　でも……」

英鈴がきょとんとすると、燕志はほんの少しだけ、困ったように眉《まゆ》を下げた。

「要するに、監視役を仰せつかったのです」

「えぇっ！」

つい大声をあげてしまい、けれど、瞬時に納得もした。

朱心が英鈴を試している状況とはいえ、英鈴に嫌疑がかけられているのには変わりない。だから抜かりない朱心は、信頼できる部下を監視に回したのだ。

こうすれば、「疑わしいというだけで董貴妃を罰したりしない」けれど「皆の安心のためにも、彼女に好き勝手はさせない」という、中庸的な対応を皇帝が取っているのだと周囲は判断するからだ。

皇帝陛下は公明正大だという、彼が二つの顔を使い分けて作り上げてきた皆の印象を決して崩さないために――朱心は、こうして燕志を派遣してきた。

「とはいえ」

何も言えない様子の英鈴に対し、再びいつもの微笑みに戻った燕志は告げる。

「それはあくまでも名目上です。董貴妃様がお困りであろうことは、この私めも存じております。ささやかながらお助けできはしないかと、本日はこのようなものを持って参りました」

そう言って、燕志は箱の蓋《ふた》をぱかりと開けてこちらに見せた。中に入っているのは――

「月餅《げっぺい》……ですか？」

「ええ」

燕志は穏やかに言う。

「ご存じの通り、この季節の贈り物といえば月餅ですからね。僭越《せんえつ》ながら、主上のお目に適《かな》うほど優れた品を、こうして持ってまいりました。今後、妃様がたにお会いになるなら、こちらを土産になさっては？」

「あ……！」

あまりにも時機に適った提案。

英鈴はぱっと表情を明るくさせ、心の底から礼を述べた。

「ありがとうございます、燕志さん！　ちょうど今、どうすればいいか悩んでいたところだったんです！」

「すごいです、燕志様……」

雪花もまた、尊敬の眼差《まなざ》しを向けている。一方で燕志は、なおもにこにことしていた。

「いえ、お褒めいただくほどではありません。私めがここにいるのも、主上のご命令あってこそですから」

それから――と言葉を繋《つな》げた彼の目が、また、ほんの少し困ったような色を帯びる。

「どうやら董貴妃様には、随分と姉のわがままに付き合っていただいたそうですので……これくらいのことはしませんと」

その一瞬、燕志の面持ちと王淑妃のそれが、重なって見えた。

（……弟と姉の関係って、大人になっても続くものなのね）

ほんの少しだけそれを羨《うらや》ましく思ってから、英鈴はもう一度、王淑妃にお世話になっていることも含めて丁重に礼を述べた。

そして——結局、燕志には明日の面会の席にも同行してもらうことになった。元より監視役ならば当然かもしれないが、英鈴にとっては、頼れる人が隣にいてくれるのは素直にありがたい。

雪花には、自分がいない間の居室の守りを頼んでおいた。以前、自分がいない間に、薬に使う道具などを壊されたことを思いだしたからである。

そうして準備を進める間に、一日が過ぎていった。

＊＊＊

——翌日、約束の時刻がやってきた。

呂賢妃の居室に近づいて、最初に聞こえてきたのは、やはりあの宮女たちの賑《にぎ》やかな話し声だった。距離が縮むにつれて、その内容がよく耳に入るようになってくる。

（どの嬪《ひん》の笛の音が外れているとか、あの宮女の歯並びが悪いとか……人の悪口ばかりじゃない、あの人たち！）

英鈴だって他人《ひと》の悪口を言うことはあるし、別に正義ぶりたいわけじゃない。でもあの人たちは、まるでそれしか話題がないかのようにのべつ幕なしである。

(そんな人たちに囲まれて、呂賢妃様は平気なのかしら)

(もし幼い頃からずっとあんな環境だったのなら、無口になってしまっても仕方ないのかもしれない——

そう考えているうちに、扉の前に着いた。英鈴に代わって燕志が、静かに口を開く。

「ごめんくださいませ、呂賢妃様。王燕志でございます」

「まぁあ、燕志様！」

聞こえてきたのは、確か月倫《げつりん》という名の宮女の声だ。猫撫《ねこな》で声を出して扉を開けた彼女は、しかし、燕志の隣に佇《たたず》む英鈴の姿を見て顔を思い切り引き攣《つ》らせる。

「あら……あなた様は。ふふっ、さすが、董貴妃様への陛下のご寵愛《ちょうあい》は素晴らしゅうございますねえ。燕志様を連れ回すだなんて」

「ええ、そうですね」

英鈴は、あえてにっこりと笑顔を作って言った。

「お蔭様《かげさま》で私は、陛下に大変重用していただいておりますから。持つべきものは才、ということかと存じます」

「……」

月倫は、小さく舌打ちした。しかしそこですかさず、燕志が口を開く。

「董貴妃様が、お約束通り、呂賢妃様に改めてご挨拶《あいさつ》申し上げたいとの仰せです。私は主上より、貴妃様の随行を仰せつかりました。申し訳ありませんが、賢妃様のお時間を頂戴《ちょうだい》できますか」

「そうですわねえ……」

さも意味深に振り返って部屋を確認した後、月倫は燕志が持つ箱にちらりと目をやった。

それから――どうやら、主《あるじ》の許可が出たのだろう。英鈴たちは、手筈《てはず》通り呂賢妃の居室に踏み入ることができたのだった。もっとも、燕志は嬉々《きき》として迎え入れられ、こちらは渋々、といった様子ではあるけれど。

さらに思っていた通り、燕志の持ってきた手土産は、月倫をはじめとした宮女たちをたいへん喜ばせたのである。

肝心の呂賢妃はといえば――今日も、変わらぬ無表情でじっとこちらを見ているだけだった。

月倫たちは、一応英鈴にも客としての茶を出した。茶というか、呂賢妃や燕志、本人たちの前に出ているそれに比べると、『色のついた湯』という趣のものだ。とはいえこうして中に入り込めたのだから、英鈴は別に気にしないようにした。

燕志は、積極的に月倫たちに話しかけている。ありがたいことに、英鈴が呂賢妃と二人で話す機会を作ってくれているのだろう。どうやら月倫たちも燕志のことはお気に入りのようで、嬉々としてそれに応じている。こちらに注意は向いていない——今が好機だ！

英鈴は、部屋の隅にぽつねんと座っている呂賢妃の隣に置かれた椅子に、そっと腰かけた。

呂賢妃は、顔を正面に向けたままである——つまり、まったくこちらを向こうという意思がない。けれどそれにめげずに、静かに話しかける。

「あの、ご挨拶が遅れまして申し訳ありません。私、董英鈴と申します。紅葉饗では、どうも……」

「……」

言葉を途切れさせてしまったのは、呂賢妃がちらりとこちらを見たからだ。目だけが英鈴の顔を見たのだが、しかし、すぐに彼女は視線を元に戻してしまう。

（ええと……）

めげてはいられない。英鈴は頑張って次の言葉を探す。

「あの、もうすぐ中秋の宴《うたげ》ですね。私は市井の出のため疎いのですが、宮中では、中秋の宴も盛大に執り行われるのですか？」

「……」

「今日お持ちしたのも、月餅なんですけれど……」

「……」

「えっと……」

――駄目だ、本当に会話にならない。

(まるでお人形に話しかけているみたい)

うう……と小さく英鈴が尻込《しりご》みして唸《うな》ると、呂賢妃は、ふいに手だけを音もなく自分の顔の前にやった。次いで彼女は、ぱんぱん、と軽く手を叩《たた》く。

するとそれが、恐らく合図だったのだろう。素早く近くにやって来た月倫は、英鈴が主に話しかけていたのに気づいたらしい。

ひときわ嫌味ったらしい笑みを浮かべると、英鈴に思い切り顔を近づけてきた。

「まぁあ董貴妃様、呂賢妃様とお話し中でいらっしゃったのですね。薬で名高い董貴妃様ならば、きっと素晴らしいお話をしてくださったのでしょう、ねえ呂賢妃様？」

「……」

「あらっ！　これは失礼」

月倫はにやにやしはじめる。

「そういえば先日、薬茶で事故が起こったばかりだと伺いましたわ！　聡明《そうめい》な董貴妃様なればきっと不本意でいらっしゃるでしょうねえ。まさかご自慢の『不苦の良薬』？　とかいうものが、あんな恐ろしい結果を生むなんて」

おほほほほほ、と彼女が高笑いすると、他の宮女たちもそれに合わせて大笑いした。彼女らに囲まれて、燕志は困ったように苦笑いしている。

一方で英鈴は、内心でふんと鼻を鳴らした。

（やっぱりね。どうせこんなことを言ってくるだろうと思ってた！）

こうまで英鈴を敵視している呂賢妃一派だ、あの危険な薬茶を後宮内にばら撒《ま》いた犯人だとしても、まったくおかしくない。

（でも確証は何もない……）

頭の冷静な部分がそう告げるものの、カッカとした熱い血が巡るような感覚は止まらない。『不苦の良薬』を馬鹿にされて、黙っていられるはずもない。

「あいにくですが」

英鈴はきっぱりと言う。

「あれは私の作った薬茶ではありません。私の名を騙《かた》った、何者かの手によるものです」

「まぁあ、それは恐ろしい。一体どなたが、そんな不躾《ぶしつけ》な真似をなさるのでしょうねえ」

「まったくですわ」

年若い宮女・喜星《きせい》が、尻馬《しりうま》に乗ってきた。

「まるで自分の失敗を認めない、不届き者のするような悪事ですよねぇ」

「ええ、ええ。その通りですよ、喜星」

大袈裟《おおげさ》なまでに相手の言葉に同調しながら、月倫はさらにこちらに顔を近づけてきた。

「あぁあーら、ごめんくださいませ、董貴妃様。誰も董貴妃様がそのようなお方だなどと申し上げてはおりませんよ。ただ、なんて非道な者がいるのかと驚いていただけですのでぇ、ご容赦のほどを？」

英鈴は、ほとんど反射的に反論しようと口を開いて――ふと、鼻腔《びこう》を突く臭いに気が付いた。

あの薬茶の臭い？　否、違う――月倫の咥内《こうない》から漂う臭いだ！

酸っぱい口臭。胃酸が逆流している証拠である。

（それなら――！）

とっておきのものを服用させてあげるだけだ。英鈴は懐から素早く取り出した麻袋の中身を――獐牙菜《しょうがさい》の丸薬を、眼前に大きく開いている月倫の口の中に放り込んだ！

「むごっ!?」

一瞬白目を剝《む》いた月倫は、すさまじい苦みに悶《もだ》えている。

「に、苦っ、んぎぃいいいーっ！」

「げ、月倫様!?」

「月倫様、しっかりしてください！」

慌てる宮女たちに向かって、宣言するように英鈴ははっきりと言った。

「あら、すみません！　あまりにも不健康そうな口臭をされていたので、つい胃薬を放り込んでしまいました。副作用の恐れはありませんからご安心くださいね！」

「ああ、あの薬ですね」

燕志はにこにこと微笑む。

「あれは本当によく効く薬ですね。私めもたまに董貴妃様より賜って、胃の健康を保っております」

あまりに彼が平気そうに言うもので、宮女たちは英鈴を責めればいいのか、それとも月倫の反応が異常なのか、どちらとも言えないといった顔をしている。

もっとも、無論、あの強烈な苦みに平気でいられる燕志のほうが異常なのだけれど。

(とにかくこれで、邪魔者にはしばらく黙っていてもらえるよね！　悪いけど)

英鈴は呂賢妃に一瞥《いちべつ》をくれた。しかし彼女はというと、忠実な部下が床にひっくり返っているというのに動揺すらしていないようだ。

(れ、冷静すぎやしないかしら)

戸惑ってしまうが、もう一度、英鈴は話しかけた。

「呂賢妃様、どうしてもお聞きしたいのです！」

ちらり、と彼女はこちらを一瞥する。

「賢妃様は、薬茶をお召しにはなったことはありますか？　または、あの危険な薬茶について何か噂でもご存じではないですか」

――呂賢妃の瞳《ひとみ》は、淡い光を宿すだけで、なんの感情の揺らぎもない。

薬茶について何も知らない、というのでも、知っているが嘘をついて平静を装っている、というのでもない。ただ、何も感じていない――というような目。

(やっぱり、何も教えてはくれないのね)

これ以上粘っても、仕方ないかもしれない。英鈴が諦《あきら》めて退室を願い出ようとした、その時――

「……あなた」

微《かす》かな羽ばたきのような声音で、呂賢妃が言った。

「っ！」

弾《はじ》かれたように、英鈴は彼女のほうを向く。

「な、なんでしょうか。呂賢妃様」

「あなたは……どうしても、あの薬茶の出処が知りたいの？」

「はい！」

真摯《しんし》な気持ちで、英鈴は答える。

「あのような危険なものを宮中に蔓延《はびこ》らせるなんて……しかも私の名を使ってなど、到底許せないんです」

「そう」

呂賢妃は、小さくため息をつくようにそう言うと――ふいに、その目つきを険しくした。

敵意と苛立《いらだ》ちに満ち満ちた、拒絶の眼差《まなざ》し。

「たとえ何か知っていても、あなたには、教えない」

「えっ」

「死になさい。この痩《や》せ狐が」

ぞっとするような、低く重苦しい声音。恐らく宮女たちや燕志の耳には届かないだろう、微かな声。

しかしその深い一撃は、英鈴の胸をぐさっと刺した。

（こ、怖い……！）

凄《すさ》まじい殺気……さすがは武家の出だと言うべきだろうか。

あてられて背筋が凍り付いたような気分のまま、英鈴は燕志と共に、呂賢妃の居室を辞したのだった――

＊＊＊

逃げ去るように出て来た呂賢妃の居室に比べると、黄徳妃の居室はまるで別世界だ。

訪ねてきた英鈴と燕志を、徳妃の宮女たちは嫌な顔一つせず、にこやかに迎えてくれた。

それにその居室自体も、さすが家勢によるものなのか、これまでに見たどの妃嬪《ひひん》の部屋よりも明るく、広く、煌《きら》びやかなものだった。

高い天井は開放的な印象をこちらに与え、緋色《ひいろ》で統一された絨毯《じゅうたん》と調度品は、どれも華美にして上品だ。そこかしこに置かれた白い陶磁器には小花が生けられ、繊細な美で空間を彩っている。

さらに開け放たれた大きな扉からは直接庭に出られるようになっており、外の穏やかな秋の陽光が、そのまま室内をも照らしていた。そんな庭と部屋の境目の部分、ちょうど屋根が張り出しているところに、黄徳妃は微笑みを浮かべて椅子に腰かけている。

彼女は今日も、紅葉饗の時と同じ翡翠《ひすい》の髪飾りをつけていた。紅に燃える庭を背景に、その澄んだ緑色はよく映えていた。

「こんにちは、董貴妃殿」

礼儀正しく頭を下げた黄徳妃に、英鈴もまた返礼する。

「こんにちは、黄徳妃様。先日は本当に、ありがとうございました」

「どういたしまして。私も、あなたとまたお話がしたいと思っていたんです」

朗らかに彼女はそう言うと、圭雨《けいう》と呼んでいた宮女らに命じて、お茶とお菓子を振る舞ってくれた。もちろん、月餅《げっぺい》も喜んで受け取ってもらい、至極和やかに時間が過ぎていく。

前にもそう感じたけれど、黄徳妃は話が上手だ。

相槌《あいづち》の打ち方、相手への質問、自分の意見の表明の仕方。どれをとっても決して相手を不快にさせず、しかも心配りができている。

英鈴が平民の出だとか、薬茶事件の被疑者だとか、そんなことを英鈴自身が忘れそうになってしまうほど、その態度にはわだかまりがなく、分け隔てもない。

(楊太儀様が尊敬するのも、わかる気がする……)

英鈴は素直に感心しながら、彼女や宮女たちととりとめのない話をした。庭の草花の話、綺麗《きれい》な織物の話、高位の妃嬪たちの間で流行しているお化粧の方法について――

そう、本当に、何もかも忘れてしまいそうなくらいに楽しい時間。

そんな桃源郷のような環境で、英鈴はすっかり話し込んでしまっていた。しかし、ふと視線が合った燕志に目配せされて思い出す。

(い、いけない！　忘れそうになってた……薬茶について何か知らないか、しっかり聞いておかなくては！)

こちらが燕志の真意に気づいたのを、彼も察したのだろう。燕志は何気ないふうを装い、宮女たちに向かって「そういえば」と声を発した。

「主上より仰せつかっていた命を失念しておりました。主上が宮女がたに、中秋の宴《うたげ》で振る舞われる料理の献立について、何か希望はないかとのお尋ねでしたよ」

「まあ！」

黄徳妃に仕える宮女たちは、にわかに色めき立つ。

「ですが燕志様、中秋の宴に出られるのは、妃様がただけでは……」

「ええ、その通りです。ただ主上は、宴の料理を我々にも振る舞ってくださるそうなのです。寛大なその御心に、感謝しなくてはなりませんね」

ですので、何か献立の希望があれば私めに申し付けください――と燕志が語ると。

「それなら私は、鰻《うなぎ》の包子《パオズ》が食べたいです！」

「私は粕漬《かすづ》けにした瓜《うり》を……」

宮女たちは我先にと、食べたい料理の話をしはじめる。燕志はそれに応じて頷《うなず》き、丁寧に記録を取っている。

なるほど、今だ！　黄徳妃に、薬茶の話を持ち出すのは。年長の圭雨は、そんな宮女たちを窘《たしな》めに行った。

意を決して、英鈴は徳妃のほうを向いた。彼女は、穏やかに宮女たちの様子を見ている。

「あの……徳妃様」

「なんでしょう？」

「実は、今日伺ったのは……先日のお礼の他に、もう一つ理由があるんです」

こちらがそう言うと、黄徳妃は軽く首を傾げる。先を促されているのだととって、英鈴は静かに問いかけた。

「宮中を騒がせている例の薬茶について、何か、ご存じのことはありませんか？」

「薬茶……」

黄徳妃は目を丸くして、小さく呟《つぶや》く。

その瞬間、英鈴には、黄徳妃の瞳の中で何かが揺らめいたように見えた。それが一体なんなのかまではわからない。けれどそれについて深く考えるよりも先に、相手が柔らかく微笑んだのに気を取られる。

「わかりましたわ。あの、それでは……庭に出て、少し歩きながらお話ししましょう」

ここでは、少し賑《にぎ》やかでしょう？　と彼女はこっそりと言った。

なるほど——繊細な話題だから、人聞きの少ない場所でしよう、ということだろうか。

(やっぱり、親切な方なのね)

英鈴はそう思って、屈託なく頷いた。

「……いい庭でしょう」

居室の賑やかな話し声が聞こえないくらいの距離にまで来たところで、黄徳妃が口を開いた。それに応じて、英鈴は辺りを見渡す。

さっきの場所からもここの美しさは見えていたけれど、実際に立ってみるとその景観は思っていた以上上だ。上位の妃嬪しか入れない庭と、小さな垣根を隔ててほとんど地続きになっているこの庭は、まるで果樹園のように低木が整えて植えられている。ひたすら続く紅の中、ずっと向こうに、大きな池が一つ見えた。

「本当に、いい庭ですね」

心底からそう応えた英鈴は、ふと空を見上げた。日はだいぶ傾き、陽光もまた陰っている。だからこそ、この紅が余計に鮮やかに映るのかもしれない。

（いつの間にか、もうこんなに時間が経っていたのね）

あまり長居をしていられない。それに、黄徳妃がせっかく話しやすい環境にしてくれたのだ。英鈴は足を止め、再び徳妃に問いかける。

「それで、先ほどお伺いしたことなのですが」

「ええ」

こちらに合わせて立ち止まると、ふいに悲しそうに眉《まゆ》を曇らせ、黄徳妃は言う。

「薬茶の話……つまり、『安眠茶』の話でしょう？　もちろん、私も存じています。私に仕える宮女の一人も、知り合いに貰《もら》ったと言って持ってきたほどですもの」

「そんな……！」

「ああ、大丈夫ですよ」

まさか黄徳妃の宮女まで毒牙《どくが》にかけられていたのかと戦慄《せんりつ》する英鈴を、相手は和やかに宥《なだ》めた。

「私は、董貴妃殿のように薬に詳しい方なら、相手の顔も見ずに処方など決してしないと思いましたから。怪しいものは飲まないよう、その者にも申し付けたんです」

「よかった！」

思わずほっとしてしまってから、英鈴は続けて述べた。

「ありがとうございます、黄徳妃様。仰《おっしゃ》る通りなんです。私はあのような危険な薬茶を作ってなどおりませんし……それに」

「徐順儀《じょじゅんぎ》殿になさったことも」

黄徳妃が口を挟む。

「あれは、彼女の命を救うためだったのですよね？」

「はい……！」

嬉《うれ》しさと共に、英鈴は力強く頷く。

──自分の無実を信じてくれる人が、ここにもいてくれた！　そう思うだけで、胸の奥から勇気が湧いてくるようだった。

「黄徳妃様、もし何かご存じならば、どうか教えてはいただけませんか？」

三度目の問いかけ。すると──なぜなのだろうか。黄徳妃はしばし、口を閉ざしてこちらに背を向けた。ほんの僅《わず》かな間の後に振り返った彼女は、先ほどまでと同じ悲しげな微笑みを湛《たた》えている。

英鈴は、どうにも理由がわからない胸騒ぎを覚える。しかし──

黄徳妃は、おもむろに口を開いた。

「菫貴妃殿、一つお聞きしたいのです」

「はい」

「あなたはこれから、どうされたいのですか？」

「えっ？」

戸惑うこちらに、重ねて黄徳妃は、弁明するように言う。

「その、すみません。期待させてしまったかもしれませんが、私もその薬茶については、今お話しした以上のことは何も知らないんです」

ただ――と、彼女は続ける。

「たとえここで真実を知って事件を解決されたとしても……あなたの進もうとする道は、苦難に満ちているのではないかと思って。失礼ですが、これまで宮中や蓮州《れんしゅう》で、あなたの身に何が起こったのかは存じています。薬師《くすし》を目指されるのなら、これからもずっとその困難が続くはず。それよりは、もっと楽な解決法だってありますよ」

「それは……？」

「私に任せてくれませんか」

にこやかに、黄徳妃は言った。

「これ以上、この後宮がくだらない噂で荒らされるのに、私は耐えられないんです。幸い、私の生家の力を借りれば、薬茶の出処を調査したうえで、何もなかったことにできます。それくらいの力を、私は持っているのです」

自分で言うことではありませんけどね、と彼女は茶目っ気のあるふうに笑う。

「そうすれば、董貴妃殿も陛下からのお咎《とが》めを受けはしません。いえ、元来無実なのですから当然ですが……ともかくこれなら、あなたも守られます」

徳妃は胸にそっと片手を置いて、まっすぐにこちらを見据えて、言った。

「どうですか？　私に、任せてはいただけませんか？」

——その瞳《ひとみ》に、先ほど見えたあの奇妙な『揺らぎ』はない。声音は甘く、居室での楽しい語らいの時と同じだ。

救いの天女のような、黄徳妃の言葉。一瞬だけ、英鈴の心は揺らいだ。しかし——

「お心遣い、ありがとうございます。黄徳妃様」

静かに、英鈴は頭を下げた。

「ですが、お気持ちだけで充分です。私はどうしても、自分の力で無実を証明したいのです」

その言葉に、嘘はない。

頭を上げた英鈴は、軽く驚いた様子の黄徳妃に向かって、さらに重ねて言った。

「私がこの貴妃という立場にいるのは、ひとえに、私の薬の才を陛下に見出《みいだ》していただいたお蔭《かげ》です。薬に関する問題なら、私は、逃げだしたくないんです」

「そうまでして」

黄徳妃は、目を伏せて言う。

「あなたが頑張る理由はなんなのですか？　辛《つら》いだけなのに」

「そうですね。たとえ辛くても……」

英鈴は、苦笑と共に答える。

「それが、私の夢ですから」

告げた、その刹那《せつな》。黄徳妃の瞳が、またあの揺らぎ方をした。ちらついたのは、何か嫌な色だ。再び正体不明の胸騒ぎが、英鈴を襲う。

「……そうですか」

ほうっ、と黄徳妃は息を吐いた。その瞳は、今は穏やかに微笑んでいる。

「董貴妃殿は、勇気ある方なんですね。すごい……夢のために、そんなにも頑張っておられるなんて」

「いえ、私はそんな」

「謙遜《けんそん》なさらないで。私なんて、この後宮で何もしていませんから」

そう言って、徳妃はゆっくりと自分の頭に手をやった。その白く細い指が触れたのは、例の翡翠《ひすい》の髪飾りだ。彼女はそれを外し、顔の前に持ってきた。

細やかな銀細工に、大粒の翡翠がいくつも施された、いかにも貴重な髪飾り。

黄徳妃はしばし無言で見やった後、それに目を向けたまま、語りはじめる。

「陛下はきっと、今回の薬茶の騒動を心配しておいででしょうね。私はあなただけでなく、陛下の心身のご健康も案じているのです。才のあるあなたと違い、私には、それくらいしかできませんから」

髪飾りから目を離した彼女は、こちらをふっと向いた。瞬間、何か嫌なものをまた英鈴は感じた。――なんだろう、この感覚は？　何が原因なんだろう？

しかし正体を探り当てる間もなく、黄徳妃が問いかけてきた。

「私がいつこの後宮に来たか、ご存じですか？」

「あっ、はい。ええと……今の陛下が立太子された頃だ、という話は」

王淑妃に聞いた話を思い出しつつ応えると、黄徳妃はこくりと頷《うなず》く。

「そうなんです。その頃の私は、本当に何も知らないただの子どもで……毎日寂しくて、辛くて。でも、この髪飾りは」

彼女は、顔の前で捧《ささ》げ持っていたそれを、ぎゅっと胸元に抱き締めて告げる。

「その頃に、朱心様にいただいたものなんです」

「えっ……」

ずきり、と胸が痛んだ。――なぜ？　黄徳妃様が、陛下から贈り物を受けていたから？

それとも、彼女が陛下を名前で呼んだから？

（ううん、そんなの、私には関係ない）

この胸の痛みは、きっと別の理由だ。いや、痛みなんて感じていない。ほら、気のせいだ――心の奥底でぐるぐるととぐろを巻きはじめたその痛みをあえて無視する英鈴の耳に、さらに黄徳妃の言葉が届いた。

「朱心様が、きっと私に似合うだろうと言って、この美しい飾りをくださって。私、それがとても嬉《うれ》しくて……いつもこうして、頭につけているんです」

ああ、それはわかる。だって今日も紅葉饗でも、その髪飾りを黄徳妃がつけているのは知っている。大切な贈り物なんだから、それが気に入ったら、誰だってそうする。

黄徳妃の場合、その相手が皇帝陛下だったというだけの話だ。

なのにどうして、こんなに叫びだしたいような気持ちになるんだろう。

「似合っていますか？」

――どうして、この何気ない質問が、こんなにも残酷なものに聞こえるのだろう。

脳内を巡る問いかけに、英鈴は圧倒された。

でも震えそうになる唇をなんとか操って、ぎこちなく笑って、黄徳妃に答える。

「……ええ。黄徳妃様に、とてもよく似合っていると思います」

「よかった、嬉しいです！」

閉じた目をにっこりと笑わせて、彼女は喜んでみせる。

でも瞼《まぶた》を開けた先に光るその瞳は、もはや、隠しようがないほどあの胸騒ぎを呼ぶ色をしていた。黄徳妃が、まるでさっきまでとは別人みたいだ。

なのに声音と口調だけは先ほどまでと同じ――温和かつ上品に、彼女は言った。

「私は、董貴妃殿と違って、なんのとりえもありませんから。ただこうして、この贈り物のような、朱心様の厚情にすがって生きているに過ぎませんから」

――私は、あなたと違って、何か特技があるのが理由でここにいるのではなく、ただ、陛下に無条件に愛されているだけですから。この贈り物が示す通り。

黄徳妃の言葉が、こう変換されて耳に届くのは、こちらの自分勝手な嫉妬《しっと》だろうか？

「でも、本当に、才を見出されてここにいるのは辛いでしょうね。自分の身に置き換えると、ぞっとします。もし才を振るえなくなったら、どうなると思います？　いえ、董貴妃殿なら大丈夫でしょうけれど。私などは、きっと何もできないでしょうし……」

——薬茶の事件で、薬童代理も外され、声望も落ちた。董貴妃、あなたの身に起きるのは、もうぞっとするような出来事だけだ。

まるで黄徳妃が、そう言っているように聞こえる。

(駄目だ……！)

妄想であってほしい、手前勝手な。

そう願って、黄徳妃のほうを見る。けれど、それは英鈴の願望に過ぎなかった。

黄徳妃はもはや嗜虐的《しぎゃくてき》な笑みを浮かべて、こちらにきっぱりと告げてきたのだから。

「『狡兎《こうと》死《し》して走狗《そうく》烹《に》らる』。そんな言葉がありますものね」

——用済みになれば、皇帝に捨てられるだけだ。

黄徳妃の言葉が、刃《やいば》のように英鈴の胸に突き立てられた。

(……！　ああ、そうよね)

だってそれは、事実だ。もし疑いを晴らせなければ、英鈴は薬童代理から外されたままどころか、いずれは処罰を受けることになるだろう。

薬を出せない薬師など、もう狩りをしない犬と同じ。朱心は英鈴が役に立つ存在かどうか、試している。試しに適《かな》わなければ、捨てられるだけだ。

それにそもそも、陛下と自分は——ただ、利用し合うだけの関係だったはずなんだから。

上品で、穏やかで、優しい善意に満ちているかのような黄徳妃が突きつけてきたのは、こんな単純な事実。

悪意に満ちて突きつけられた、事実。

「……っ！」

不意に涙が零《こぼ》れそうになり、英鈴は慌てて拭《ぬぐ》った。日が既に落ちはじめているのが幸いだった。泣きそうになったのを見られてはいないだろうし、それに、黄徳妃の目をこれ以上見ずに済んだから。

「さあ、もう戻りましょう。董貴妃殿」

「はい……」

漏れ出たのは、弱々しい言葉。もはや、奮い立つ気力がない。

信じていた相手に、手を差し伸べられながら、にこやかに首を斬られたような心地だ。

——黄徳妃もやはり、後宮の女だった。

そしてその柔らかな刃は、英鈴の心の奥底を蹂躙《じゅうりん》したのだ。

——もう、すっかり夜になっている。

黄徳妃の居室を出て、燕志と別れるまで、何を話したのかあまり記憶がない。

ふらつく足で秘薬苑にやって来て、一歩足を踏み入れた途端、英鈴の目からは涙が溢《あふ》れ出てきた。

呂賢妃と、黄徳妃。二人から受けた強烈な悪意は、今も胸の奥を傷つけている。

いくら涙を流しても、痛みは汚泥のようにこびりついて、消えようとしない。

(もう嫌……！)

顔を両手で覆い、亭子《あずまや》の椅子に座り込むと、英鈴はさめざめと泣いた。

結局、呂賢妃だけでなく、黄徳妃すらも英鈴に敵意を向けていたのだ。

あからさまな呂賢妃と違って、黄徳妃はそれを巧妙に隠していただけだった。まるで虎がその爪を隠すように。

そして英鈴はまんまと相手の懐に飛び込み、それを正面から受けてしまった。

(どうして……)

漏れ出る心の声まで震えている。

(どうして、こんな目に遭わないといけないの。こんなのもう、どうしようもないよ……！)

結局、情報は何も得られなかった。賢妃と徳妃、双方が双方とも恐ろしい人物だということ以外は。

こんな調子で、疑いを晴らせるのか──今の英鈴には、「否」という答えしか浮かんでこない。

脳裏に、こちらに失望の眼差しを向ける朱心の顔がありありと浮かんだ。試してはみたものの、所詮《しょせん》お前はこの程度だったか、という彼の冷たい声まで聞こえてきた。蹲《うずくま》る英鈴に興味がなさそうにする呂賢妃、嘲笑《あざわら》う月倫たち、そして朱心の隣に寄り添うように立つ、黄徳妃の姿まで頭を過《よ》ぎって消えていった。

無論、ただの妄想だ。しかしそれを跳ねのける気力など、今の英鈴には残っていない。

「ううっ……！」

嗚咽《おえつ》が漏れる。

消えてしまいたい、という思いすら湧いて出てくる。

あまりにもこの後宮には、女たちが放つ毒が溢れている。夢を追うには過酷すぎる。こんな場所だというのは、入る前からわかっていたはずだったのに――

「何をしている」

しかし、その時聞こえてきたのは――皇帝・丁《てい》朱心の、低く深い声だった。

「っ……！」

英鈴は俯《うつむ》いていた頭を跳ね上げようとして、慌ててその前に頬を拭った。泣いているところなど、見られたくない。恥ずかしいという気持ちもあるし――そんなところを見せて、失望させたくなかったから。

「こ、皇帝陛下」

涙でしゃがれた声を誤魔化して、英鈴は礼の姿勢を取った。

「また、こんなところにまでいらしたんですね……」

「後宮のどこにいようと、私の勝手だ」

ちらりと見れば、今日も月光に照らされた神秘的なまでに整った顔貌《がんぼう》の彼は、庭に立ち、訝《いぶか》しげにこちらを眺めている。

「お前こそ、こんな場所で何をしている――と、尋ねたのだが」

「べ、別に」

また溢れそうになる涙を堪《こら》えつつ、答える。

「何も……していません。少し気になることがあったので……研究をしていただけです」

「夕餉《ゆうげ》も取らずに、か。お前が？」

「寝食を忘れる時なら、私にだってあります」

目を合わさないようにしながら、嘘をつく。

すると耳に、朱心が冷たくため息をつく音が届いた。

「それで。状況はどうなっている」

「……！」

──なんと答えればいいのだろう。一瞬、様々な弁解が頭を過ぎった。

でも、誰よりも聡《さと》い朱心に、そんなつまらない弁明が通るはずもない。

英鈴は目を伏せたままだが、静かに、正直に答えた。

「状況は……変わりません。呂賢妃様と黄徳妃様に話を伺いましたが、調査は進みませんでした。薬茶の出処なんて、わかるはずもなく」

ゆっくりと頭を振る。

「どうしたらいいか……わからないんです、陛下。薬のことならまだしも、こんな事態の調査なんて……私にはできない。何もわかりません」

「そうか」

聞こえてきたのは、また呆《あき》れ声だ。

「この程度の問題も解決できないのか？　私の見込み違いだった、などということにはならぬといいがな」

「……」

やっぱり、失望されるんだ。

一人で泣いていた時に脳裏に映し出された光景は、やはり現実のものになる、のだろう。

この試みを突破できず、二度と薬童代理には戻れず……そして、朱心に見捨てられる。

――そうに決まっている。

何も応《こた》えられず、英鈴は俯く。鼻先からぽたりと落ちた涙が、地面を濡《ぬ》らした。

(いけない)

泣いてるのを悟られてしまう。今落ちた涙に気づかれただろうか。

涙の跡を隠すべきか――それとも、先に朱心に謝るべきか。

一人で迷っていた英鈴は、まったく気づかなかった。

朱心が、眼前にしゃがみ込んでいると。

「えっ……」

ちょうど、彼の目が下からこちらを覗《のぞ》き込んでいる形になる。

(ど、どうしよう……!)

相変わらず、足音のしない人だ。これでは、隠しようがない。顔を背けることはできるけれど、今は朱心の眼差《まなざ》しから、目を逸《そ》らしたくなかった。

朱心は笑うでも、呆れるでもなく、ただ真摯《しんし》な眼差しでこちらを見つめていた。

――こんな顔の陛下、あんまり見たことない。

英鈴は思わずはっとして、何も言えずに動きを止めていた。

するとややあってから、朱心はふっと鼻を鳴らし、いつもの冷酷な微笑みに戻り、しかししゃがみ込んだままで言った。

「お前もこれでよくわかっただろう。後宮は、薬どころか毒だらけだと」

「毒……？」

さっき、自分が思っていたのと同じだ。

英鈴がそれ以上何も応えられずにいると、朱心はさらに言葉を重ねる。

「女も男も宦官《かんがん》も、そこに住まう者は必ず内に毒を秘めている。生きていきたければ、自分の心を巧妙に隠すしかない。足音も息も潜め、静かに生きるしか、な」

何気ないふうに、朱心は言った。けれど――

（あ……）

英鈴は気づく。

（もしかして、陛下の足音が全然聞こえないのって）

幼い頃から後宮で過ごした、その経験によるものなのだろうか。

立太子され、皇帝にまでなったということは、彼に対する周囲からの羨望《せんぼう》や嫉妬《しっと》もまた、すさまじいものだったに違いない。

（陛下が、二つの顔を持つようになったのも……きっと、生き抜いていくために必要な技術だったのね）

そう思うと、不思議と胸が痛むのを覚えた。自分自身を憐《あわ》れんでいた時よりも、深く、苦い痛み。

神妙な気持ちで英鈴が考え込んでいると、朱心はまた、口の端を吊《つ》り上げた。

次いで彼は立ち上がり、まさに傲然《ごうぜん》とこちらを見下ろして告げる。

「しかしお前ならば、なんとかできると思ったのだがな」

「えっ」

驚き、英鈴は顔を上げる。その反応が想定通りだったのか、朱心は目を細めた。

「薬師《くすし》になるのだろう。ならば、この程度の毒は問題にもならぬはずだ。それともお前自身に問題の解決を命じた、私の判断が誤っていたというのか？」

否——と、彼はこちらが何も言わないうちからそれを否定した。

「そのはずがない。この私の慧眼《けいがん》が、民の資質を見抜けぬはずがない。つまり」

見惚《みと》れるほどに美しい、あの穏やかかつ妖《あや》しげな笑みを、朱心は浮かべる。

「お前にならば必ずできる、ということだ。だろう？　董貴妃」

「へ、陛下……」

もしかしたら――自分は、彼に認めてもらっているのかもしれない。

それに気づいた瞬間、英鈴の心臓は激しく鼓動を始めた。涙など、もう流している余裕はない。顔が熱く、火照《ほて》ってしまっている。

朱心の態度は相変わらずだ。

常に自信たっぷりで、こちらへの態度はぞんざいで不躾《ぶしつけ》で、いくら皇帝だからといって、もっと他に言い方があるんじゃないかと思うくらいだ。

（でもどうして、こんなに胸があったかくなるんだろう）

冷たくなってしまった心に、火が灯《とも》ったみたいだ。――朱心の言葉でこうなるのは、これが初めてじゃない。

（私、いつも陛下に励まされて）

その言葉の続きを心の内で呟《つぶや》くより先に、英鈴は、朱心がこちらに手を伸ばしているのに気づいた。

そして、彼の動きの真意を訝《いぶか》しむ間もなく――

朱心の手が、優しく英鈴の頬を拭《ぬぐ》う。

（あ……！）

触れたのはほんの一瞬。でも頬が真っ赤に染まっていくのが、自分でもわかる。

朱心の手は、とても温かい。それは以前からよく知っていた。

でも今日の英鈴にとっては——その温《ぬく》もりは、別の意味を持っていた。

(信頼、してくれているんだ)

拭ったのに何も言わず、ただじっと微笑んでいる朱心の面持ちを見ながら、強く実感する。

——そうだ。朱心は、こちらを試していたのではない。信頼してくれている。

だからこの件を任せてくれた。英鈴なら後宮の毒に負けはしないと、最初から信じてくれていたのだ。

試されていたわけじゃない。そしてたとえ、この後宮という場所がどれだけ恐ろしいところだったとしても——朱心だけは、きっと理解してくれている。

他の誰よりも。

(そっか……)

胸の灯《ひ》の温もりを今度こそ忘れないように、英鈴は自分の胸に手を置いた。

(私、何を怖がっていたんだろう)

日中の出来事なんて、もう気にならない。

それに感謝したくて、英鈴は口を開いた。

「陛下、あの、本当に……」

——しかし。

「静かに」

ふいに声を低めた朱心が、ぼそりと言う。

「誰か近づいてくる」

「えっ」

慌ててこちらも耳をそばだてると、確かに、遠くからこの秘薬苑へと近づいてくる足音が聞こえる。一人ではなく、複数の音。何人かが一斉に来る足音だ。

(雪花や、燕志さんかしら?)

訝しく思っていると——

「隠れるぞ」

短く朱心はそう告げる。

「か、隠れる……?」

どこに、と問うような時間もなく。朱心の手が再びこちらに伸びてきて、しっかと英鈴の手首を掴《つか》んだ。

そしてそのまま風のように素早く、彼は亭子《あずまや》に置かれた棚の陰に隠れる。

英鈴を強く抱き寄せて。

(え……)

背中に、朱心の腕が回されている。頰に、彼の胸が当たっている。

違う、当たっているというより押しつけられているというか、なんというか――

温かい。温かい、けど、とてつもなく恥ずかしい!!

「え、あの、へ、陛下」

口をぱくぱくさせながら、英鈴はなんとか言葉を発する。

「わ、私、ちゃ、ちゃんと隠れられますから、こんな……」

「静かにせよ、と言っただろう」

朱心の小さな、しかし低く深い響きをもつ声が耳朶《みみたぶ》に触れる。囁《ささや》かれる言葉が睦言《むつごと》のように聞こえてしまって、英鈴の心臓はさらに高鳴った。

しかし、つんと鼻を刺す異臭に、一気に現実に引き戻される。

(これは……!?)

はっとした英鈴に呼応するように、足音の方向を見ていた朱心もまた「ほう」と小さく声を発した。

「わざわざ何か持ってきたようだ。あの連中、知り合いか？　董貴妃」

「いえ……」

すっかり恥ずかしがるどころではなくなった英鈴は、朱心と同じく棚の陰から顔を覗かせて、足音の主たちをじっと観察する。

やって来たのは、四、五人の女たち。月光に照らされるその顔立ちは、下半分が布で覆われているため、知り合いかどうかすらわからない。

しかし彼女らが、何かよいことをするためにここに来たのではないというのは明らかだった。その目元はいびつな笑みの形に歪《ゆが》み、まるで獲物を探す獣のように、彼女らは秘薬苑をじろじろと見渡しているからだ。

そして朱心の言う通り、手に桶《おけ》のようなものを持っている。異臭の原因は恐らくそれだ。

(この臭い、最近どこかで嗅《か》いだことがあるような……)

いや、そうじゃない。もっと日常的に、よく嗅ぐ臭いだ。一日に何度か訪れる――生きるために必要な一方で、不潔だとされる場所。

――厠《かわや》？

すると、あの桶の正体は。そんなものを持って来られる、彼女らの正体は――！

(いけない！)

彼女らが秘薬苑に一体何をしに来たのか、理解した瞬間、英鈴は朱心の腕を跳ねのけて一人で前に出ると、女たちに向かって一喝した。

「何してるんですか、あなたたち！」

ビクリ、と相手の動きが止まる。しかし、黙ってなどいられない。

――これは便臭だ。つまりあの桶のようなものの正体は便器で、入っているのは糞尿《ふんにょう》。発酵させていない人糞を、植物に撒《ま》けば当然枯死する。池に入れれば水は変質し、そこに住んでいる魚や虫たちも死ぬだろう。

彼女らはこの秘薬苑を、貴重な草木で溢《あふ》れたこの大切な場所を、糞尿を撒き散らして台無しにしようとしている。根腐れさせようという魂胆なのだ！

純粋な怒りに導かれ、英鈴は微《み》塵《じん》も臆《おく》さずに叫んだ。

「誰の命令です!? ふざけたことしてないで、すぐに立ち去りなさい！」

「ひっ……！」

まさか、英鈴がここにいるとは思っていなかったのだろう。小さく悲鳴をあげた女の一人が、桶を取り落としそうになってたじろいでいる。

あの声、聞き覚えがある。そうだ、確か――呂賢妃様のところの、喜星という宮女だ！

「そう。呂賢妃様の差し金ってわけ！」

日中、実質的な指導者の月倫に直接的に反抗してしまったので、その報復だろうか――という英鈴の推測は、あながち間違っていなかったらしい。

主《あるじ》の名前を言い当てられ恐慌状態に陥ったのか、それとも何か他に理由があるのかは知らないが、女たちはさらに動揺している。そして数秒の後、我先にと秘薬苑の外に逃げ出していった。

「待てっ、卑怯者《ひきょう》!」

英鈴は駆ける。しかし最後尾の女がわざと桶を派手に取り落とし、その中身が英鈴の目前の地面にぶち撒けられたため、追跡は諦《あきら》めるしかなかった。

(いいわよ、だったら……!)

だから代わりに、英鈴は思い切り声を張り上げた。

「あなたたちの主に伝えなさい! これから何をしてきたって、私は絶対に逃げも隠れもしない!!」

――もういい、よくわかった。そちらがこんな汚い手段で戦うつもりなら、こちらは正々堂々と受けて立つ。

弱音はもう吐かない、後宮の毒にたじろぐのももう終わりだ。

これからは何があろうと、最後の最後まで戦ってやる。そして勝つ!

（絶対に真相を明らかにしてやる!!）

惑うように逃げ、夜の闇に溶け込んでいく女たちの背中を睨《にら》みつけながら、英鈴は心に固く決めたのだった。

「ククッ」

身を潜めていた朱心が、声をあげて笑いながら近づいてくる。

「結構な威勢だったたな、董貴妃。さっきまで頬を赤く染めて打ち震えていたのと同じ人間だとは、にわかに信じがたいほどだ」

「そ、それは」

さっきまでの温もりを思い出しそうになってしまうが、朱心はからかおうというのではないようだ。

「誤解するな。褒めてやろう、なかなかの覇気だったな」

「あ、ありがとうございます……」

横目だけでこちらを見る彼の表情は窺《うかが》い知れないけれど、一応礼を述べた。

「それにしても、信じられません。まさか秘薬苑にまで、手出ししようとするなんて……」

「お前の大切なものを蹂躙《じゅうりん》しようというのだ、ある意味当然の行為かもしれんな」

それで――と、朱心はこちらにまっすぐ向き直る。

「これからどうするつもりだ？　先ほどは、どうしようもないなどと言っていたが」

「……決めました」

英鈴は、毅然《きぜん》と彼の視線を受け止めて言い放つ。

「私が、本物の『不苦の良薬』を見せて差し上げます」

「ほう」

朱心は嘲《あざけ》りでなく、興味深そうな声をあげた。

「あの薬茶のような偽物ではなく、ということか」

「はい。……先ほど、陛下が仰《おつしや》っていた通り。今回の件で、この後宮がどれだけ毒に侵されているのか、私にもよくわかりました」

しかし、薬とはただ症状を和らげるのではなく、病の原因をも糺《ただ》すもの。

(それならこの後宮に巣食う病魔だって、私がなんとかしてみせる！)

これまでの絶望を跳ねのけるような、強い決意。

火を点《つ》けてくれたのは朱心だけれど、大きな炎にしたのは英鈴だ。

――絶対に諦めたりしない。英鈴は、はっきりと心に誓った。

「フッ、なるほど。いい度胸だ」

腕組みした朱心は、いつものように高みの見物といった態度で言い放つ。

「では、よりやる気を出させてやろう。董英鈴」

「はい」

反射的に答えた英鈴に、彼はきっぱりと命じる。

「八日後は満月――つまり、『中秋の宴《うたげ》』が開かれる日だ。もしその日までにお前の嫌疑が晴れたなら、お前を再び、薬童代理に戻してやろう。当然、処罰もなしだ」

ただし――と、朱心は酷薄な笑みを浮かべる。

「疑いを晴らせなかったならば、二度と薬童代理には戻れぬと思え。まあそれ以前に、処分を受けて後宮追放が妥当な線だろうがな。どうだ。受けて立つ気はあるか」

「無論です」

英鈴は力強く頷《うなず》いた。元より、嫌疑をかけられたままでいるつもりなどない。

それを受けた朱心は、満足そうに口の端を歪めた。

「しかしいくら威勢がよくとも、肝心の手がかりがなくてはな。どうするつもりだ？　何か思いついたとでもいうのか」

「はい」

こくりと首肯する。

「さっき彼女たちが持ってきた、この桶の中身……」

地面に撒かれたそれは、幸い植物の生えていないところに落ちていた。後で土ごと外に捨てれば、大きな問題にはならないだろう。

「この悪臭で気づきました。あの薬茶の特徴的な臭いは、これと少し似ているんです」

これまで英鈴は、それらしい効能を持つ草木を書物から探すことで、薬茶の正体を把握しようとしていた。だがあの薬茶の真の特徴は、この異臭にある。

つまり臭いを手がかりに書物にあたれば、あれが何ものなのかわかるかもしれない。

英鈴の知る限り、薄めた尿のような臭いがして、かつ強烈な薬効のある「一般的な」草木など存在しないのだ。ということは、あの薬茶の正体はもしかすると――

（……とにかく帰って、きちんと文献にあたってみましょう）

すっかり考え込んでいた英鈴は、朱心がこちらを見ていたのになかなか気づけなかった。

「あっ。し、失礼しました、陛下！　つい考え込んでしまって」

「気にするな。薬のこととなると我を忘れるのは、いつものお前だ」

そう言って、器用に汚い土を避けつつ、朱心は秘薬苑の出入り口へと歩きだす。

「いつものお前に戻っただけでも、よしというものだな」

その背が告げる言葉が、優しく胸に響く。

「はい！」

だから英鈴は、しっかりと拱手《きょうしゅ》して述べた。

「ありがとうございます、陛下!」

振り返ることなく、朱心は去っていく。

けれどその後ろ姿を、英鈴は最後まで見送ったのだった。

＊＊＊

秘薬苑の片付けをした後、居室に戻った英鈴は、もう一度初心に戻って書物にあたった。

今回の手がかりは、「安眠を齎《もたら》す」という効能ではなく「尿臭」だ。

紐解《ひもと》いた書物の隅から隅まで余さず目を通し、それらしい言葉を探していく。

眠気は一切感じない。ただ、せっかく見つけたこの手がかりを、無駄にしたくないという気持ちだけが英鈴の身体を突き動かしていた。そして――

「あった」

短く、英鈴は言葉を放つ。指さした先にあるのは、『罌粟《けし》』の項目。

罌粟――春頃に白や赤の可憐《かれん》な花を咲かせるその植物は、実は心身に影響を与える強い薬効を秘めている。

未熟な罌粟の実を傷つけた時に出る白い乳液――これを乾燥させた黒い物質。『阿片《あへん》』の名で知られるその物質は、強烈な薬効から麻薬に分類される。そして、独特の尿臭があるとされていた。

阿片は、燻《いぶ》した煙を吸えば強い高揚感と陶酔感、さらに心地の良い眠気を齎すことから、百年ほど前までは旺華国《おうかこく》で珍重されてきたという歴史をもつ。

貴族や富裕層が自分で吸うためだけでなく、簡単に寝かしつけるためにと、母親が積極的に子どもに吸わせることすらあったそうだ。

しかし薬学が発達し、実証研究が行われるにつれ、この物質には非常に強い依存性があると判明する。

つまり一度吸って満足してしまうと、また吸いたくなる。次第に同じ量では身体に影響が出なくなって、もっと多くの量を求めるようになる。仕事やあらゆる娯楽、食事、睡眠を差し置いても、もっと阿片を求めるようになっていく。

そして最後は、身体がぼろぼろに衰弱して、死ぬ。それが阿片だ。

当然現在の旺華国では、売るのも買うのも厳罰に処される、いわゆる違法な薬物に指定されている。

しかし――今こうして、現物が混じったものが目の前にある。

（つまり罌粟茶は、簡単に言えば、阿片入りのお茶ってわけね）

もう一度薬茶の臭いを嗅《か》いでから、英鈴は確信と共に内心で独り言《ご》ちた。

煙を吸うのではなく、胃腸から吸収する形であっても、阿片の効果は発揮される。罌粟茶を飲んだ嬪《ひん》や宮女たちが昏倒《こんとう》するように眠ったのも、こんな異臭のする「お茶」を何度も服用し、徐順儀のように大量に飲もうとした者がいたのも、すべて阿片の依存性によるものだ。

この罌粟茶に含まれる茶葉の量と阿片の量とを見るに、この罌粟茶には、それほど大量の阿片が含まれているというわけではない。これならば、ひどい依存症には陥らずに済むかもしれない。

しかし実家にいた頃に耳にした話だと、裏社会ではこうした麻薬入りの茶を敵対者への毒、あるいは嗜好《しこう》品として流通させているらしい。

（そんなものが、後宮で出回っていたなんて……！）

信じられないという以前に、許せない気持ちだ。

（犯人を必ず見つけ出さなきゃ）

覚悟と共に、英鈴は書物の表紙を閉じた。

第四章　英鈴、死中に活を求めること

薬茶の正体が罌粟茶だとわかった、その次の日。

明け方頃から昼過ぎまで休んだ英鈴《えいりん》は、夕暮れ時、居室で何やらごりごりと薬研《やげん》を挽《ひ》いていた。

「あのう、英鈴」

雪花《せっか》が、恐る恐る問いかける。

「何してるの？　あたしに手伝えることある？」

「大丈夫よ、雪花」

元気よく英鈴は応《こた》える。

「もうやるべきことははっきりしたもの……昨日の晩は遅くまで戻らなくて、心配かけてごめんね」

燕志《えんし》と別れた後、何も言わずに部屋に戻らなかったもので、雪花はおろか楊太儀《ようたいぎ》たちにも心配をかけてしまったようだ。再度謝ると、雪花は溌剌《はつらつ》と言った。

「あたしは、英鈴が無事ならそれでいいの！　そうそう、秘薬苑《ひやくえん》のほうは、言いつけられた通りに人を頼んで警備してもらっているから、安心してね」

昨夜、あれだけはっきりと宣戦布告した以上、次にどんな攻撃がくるか予想はできない。

そして今一番失いたくないのは、雪花たちの安全以外は、秘薬苑だった。

またこちらの目を盗んであの薬草園に何かされないよう、英鈴は雪花に頼んで、信頼できる宮女たちに交替で門衛をしてもらうことにしたのだ。

あの呂賢妃《りょけんひ》の宮女たち（恐らく）がどれだけ悪辣《あくらつ》だからといって、人が立っているところに堂々と乗り込んでいくことはできないはずだ。いくら妃の権勢があろうと、なんでも許されるわけではない。以前朱心《しゅしん》が言っていた通り、妃といえど証拠さえあれば、処罰の対象となるのである。

英鈴が今後すべきなのは、妃のうち誰かが罪を犯している――つまり違法な薬茶を仕入れていたという証拠を掴《つか》むこと。

となれば、思いつく方法は一つだ。

薬研で挽き終わった草木を、手のひらに載る程度の小さな布袋に入れつつ考える。

（あの宮女たちが秘薬苑を夜に襲ったのは、隠れて行動しやすいから）

要するに、妃たちが怪しい動きを見せる時があるのなら、それは夜！

「雪花」

布袋に紐《ひも》を通し、首から掛けながら言う。

「もし今夜誰かが訪ねてきても、私は忙しいから手が離せないって伝えておいて」

「えっ……英鈴、こんな時間からどこに行くの？」

問われた英鈴は、にっこりと微笑んで応える。

「ちょっと、監視にね！」

＊＊＊

ほのかな橙色《だいだいいろ》の光が西の空の果てに消えていき、虫の音と共に辺りを夜の闇が包みはじめる。

英鈴は呂賢妃の居室近くの庭の茂みの中に身を潜めると、じっと向こう――つまり、呂賢妃の部屋の扉を眺めていた。首から下げているのは、薄荷《はっか》や香茅《こうぼう》などの香草を砕いて詰め込んだ匂い袋。つまり、簡易的な虫よけ道具だ。

（これなら虫刺されの心配も減るし、安心して藪《やぶ》の中にいられるものね！　まあ、見つかった時のことは考えないようにして……）

敢《あ》えて濃い緑色の衫《さん》と裙《くん》を着てきたから、大きく動きさえしなければ、英鈴がここにいるとは誰も気づかないだろう。

部屋の中のお喋《しゃべ》りがはっきり聞こえないのは残念だけれど、聞いていても気分がよくなるような話でないのは確かだから、よしとしよう。

ともあれ、これからずっと監視だ！　呂賢妃たちが何か怪しい動きをしているなら、それをきっちりと目撃し、証拠を押さえる。言い逃れが不可能な状況にしてしまえば、さすがの月倫《げつりん》たちも黙るだろう。

(部屋を出る前にたくさんご飯を食べてきたから、お腹も空《す》かないし！)

さあ、かかってこい！　という血気盛んな気持ちを抱きつつ、英鈴は時を過ごした。

そして一刻《とき》が経過し——二刻——三刻——

満ちた姿にほぼ近くなってきた月が、空の真上に昇った頃。

(うーん……桂皮《けいひ》……白芷《びゃくし》……芍薬《しゃくやく》……苦参《くじん》。あっ、『ん』がついた……)

あまりにも暇すぎるために、草木しりとりを一人で始めていた英鈴の目の前で、閉ざされたままだった扉がガタガタと動く。

月倫をはじめとした宮女たちはさっき、この部屋を退出して自分たちの控えの間に戻って行った。ということは、今この部屋にいるのは呂賢妃だけで――

果たして、扉を開けて現れたのは呂賢妃だった。寝間着姿ではあるが、面持ちはいつもと同じ、まったく何も感じていないかのような無表情だ。

(こんな時間に、どこへ行くんだろう？)

厠《かわや》――などではないだろう。すたすたと廊下を進むその姿からは、明らかにどこかへ行こうという意思を感じる。

(ついて行かなきゃ！)

あまりにじっとしていたので、少し強張《こわば》って痛む身体をなんとか動かし、相手の背を庭から追いかける。

すると、呂賢妃は途中で庭に出た。

英鈴が慌てて動きを止めると、幸い彼女はこちらにはまったく気づいていない様子で目の前を通り過ぎていった。

呂賢妃が向かう先は、どうやら、方角的には黄徳妃《こうとくひ》の居室の近くである。あの、部屋と地続きになっている庭の辺りだ。

(呂家と黄家はいがみ合っていると聞いたけれど……もしかして、呂賢妃自ら黄徳妃のところに嫌がらせでもしてるとか!?)

なるべく茂みを揺らさないようにしながら、英鈴は小動物のようにこそこそと移動した。

そして再び見つけた呂賢妃は、やはり黄徳妃の庭にいたのだが——様子がおかしい。

庭にある、大きな澄んだ池。その畔《ほとり》に座り込んだ呂賢妃は、一人、何をするでもなくただじっと水面《みなも》を見つめているようなのだ。

(な、何かあるの？　あそこ……)

気になってもう少し、呂賢妃のところに近づいてみる。けれどやはり彼女は、定位置からぴくりとも動かないまま、ただ池を眺めるばかりだ。

(もしかしたら、人を待ってるのかも)

そう思い、英鈴もまた身動きせずに彼女の姿を見守る。

けれども、やがて一刻経ち——二刻——徐々に東の空が白んでくる。

結局、呂賢妃は明け方になるまで、じっと池の傍から動かなかった。

そして完全に日が昇る頃になると、呂賢妃は音もなく立ち上がり、静かに歩き去っていく。どうやら、まっすぐ居室に戻るつもりらしい——

(な、何よ……！)

眠い目を擦《こす》りながら、英鈴は肩透かしを食った気分に襲われた。

(結局、全然動かないなんて！)

一体呂賢妃は、どういうつもりなんだろう？　様子を見ていたけれど、彼女はあそこで居眠りしているのですらなかった。ただ、本当にまったく動かないで座っていただけだ。

（あの人が、一番わけがわからないかも……）

はぁ、と人知れずため息を吐く。

こういうのを、無駄骨折りと言うのだろうか。

（でもまあ……そんなにすぐに、謎が明らかになるはずないものね）

今夜――もう明けてしまったが、とにかく今回は呂賢妃のところにいたので、黄徳妃の様子を見ることはできなかった。

これから部屋に戻って休んで、次の晩は黄徳妃のところで張り込もうか――

そう考え、英鈴は茂みから移動しようとした。

しかしその耳に、微《かす》かに何かが聞こえてくる。

（ん……？）

まるで獣の遠吠《とおぼ》えのような、または誰かが慟哭《どうこく》しているような――とにかく聞いていて心穏やかではない、何かの叫び声。

こちらの居場所から考えて、西のそう遠くない距離から聞こえてきている。

動物？　人間？　と正体を考える中で、思い出したのは王淑妃《おうしゅくひ》が語った噂。

——呻《うめ》き声の正体こそが、噂の五人目の妃じゃないかと言われているのよ——

(五人目の妃の幽鬼……!?)

どきっ、と恐怖で心臓が高鳴りはじめる。

まさか、噂は本当だったのだろうか——!?

(待って、待って)

どきどきしたままの胸をそっと自分の手で撫《な》でつつ、英鈴は考える。

(こ、声は確かに聞こえるけど……でも、だからって幽鬼のだと決まったわけじゃ!)

はあ、と大きく息を吐く間に、呻き声は聞こえなくなっていた。

どうやら止んでしまったようだが——

(……立ちつくしていても仕方ない。行って調べなきゃ!)

急いで、声のしていた方向へと行ってみる。人影は周りにないし、少しなら走っても問題ないだろう。

駆け足で、英鈴は庭の西へと向かう。しばらく走ると見えてきたのは、一丈四方程度の、謎の空き地だった。

「え……？」

そう、空き地。庭の一角にありながら、なぜか何もない場所。草花がまばらに生えている他は、何か剪定《せんてい》されるでも建物があるでもない開けた土地があるだけ。いや──隅に小さな、膝丈《ひざたけ》ほどの高さの石碑はあるものの、表面が風雨で削れてなんと彫ってあったのかわからないようになっている。

(声がしたのは、確かにこの辺り……よね？)

他に人が潜めそうな場所もなし、怪しげなところもなし。

なるほど、これでは確かに幽鬼の噂にもなるはずだ。

うっすらと寒い、気持ちの悪い風が吹き抜けていって、英鈴はぶるりと身を震わせた。くしゃみを一つ、虚空に放つ。

(いけない、このままじゃ風邪をひきそう)

いくらまだ秋とはいえ、夜露に濡《ぬ》れては身体も冷える。

(声の謎は解けなかったけど……このまま体調を崩して、寝込むわけにはいかないし)

残念ではあるけれど、今日のところは諦《あきら》めて、また次の機会を狙うとしよう。

英鈴はすぐさま、居室へと戻ったのだった。

＊＊＊

――それから数日が経った。

収穫なしだった初日については忘れるつもりで、気合を入れ直して監視に励んだ英鈴だったものの、不運というのは続くものである。

二日目、黄徳妃の居室で張っていたが、誰も起きて出てくることはなかった。呂賢妃はまた池の畔でじっとしているばかりだった。

三日目、やはり黄徳妃の居室で張っていたが、誰も起きて出てくることはなかった。呂賢妃はまた池の畔でじっとしているばかりだった。

四日目――五日目――

時は過ぎ、こうして中秋の宴《うたげ》が明後日にまで迫ったというのに、なんと手がかりは皆無である。

二人の妃とも、それらしい動きはない。一体、犯人はどちらなのだろうか。

それとも、まさか本当に犯人は五人目の妃なのだろうか。あれ以来、謎の呻き声を庭で聞くことはないうえに――そんな正体不明の存在が敵だなんて、考えたくもないけれど。

今のところ一番怪しい動きを見せているのは呂賢妃だが、確証は何もなく、何か隠しごとがあるとして、暴き出す隙も策もない。

こうなっては、さすがに自分を奮い立たせてきた英鈴も折れそうになって――

（いや、まだよ！）

なってはいなかった。

六日目の朝、結局また池の畔でじっとする呂賢妃の背中を見ていただけだった英鈴は、ついに方針転換を決意した。

直接的な手段が上手《うま》くいかなかっただけだ。絡め手を使えば、なんとかなるかもしれない。

（それこそいつも陛下がやるみたいに、自分は何も知らないふりをして、勝手に周りの人を動かすようにするとか……何か……そういう方法を思いつきさえすれば！）

あまりに変則的な睡眠時間が続いたもので、ちょっと混乱気味になりそうな頭を、軽く叩《たた》いて自分を叱咤《しった》する。

（いいえ……いきなりうまい方法を思いつけるなら、誰もこんなに苦労していないじゃない）

しかし薬にしか詳しくない自分にもなんとかなるような、賢い手段はないものか。

追い詰められた時こそ良案が浮かぶものだと父が昔言っていたのを思い出すけれど、思いついてほしい時に限って何も浮かんではこないものだ。

「うう……」

自室に戻るなり、椅子に座って低く唸《うな》る英鈴を心配そうに見つめながら、雪花が料理を運んでくる。

「大丈夫、英鈴……？　だからあたしが見張りを代わるって言ったのに！」

「いいの……だってもし見つかってしまった時、あなたを罪人にしたくないもの」

きっぱりとこちらが告げると、雪花は少し困ったように笑った。

「……根を詰めすぎないでね。これ、朝ご飯。お粥《かゆ》にしたの」

「ありがとう！」

礼を述べてから、すかさず口に運ぶ。冷えた身体には、粥の温かさと自然な塩気が何よりも効いた。粥にほぐして混ぜ合わされた梅の実と川魚の身が織りなすふくよかな味わいが、口の中に広がって溶けていく。

食事を胃の腑《ふ》に収めると、なんだか頭の調子も元に戻ってきた。

（薬にしか詳しくない、か）

先ほどの自分自身の言葉を、自戒するように繰り返した。

（そう考えること自体が、おこがましいのかも。私はまだ何も成せたわけでもないし、薬に詳しいと言えるほど、研鑽《けんさん》を積んだわけでもないのに）

しかし、こんな状況に追い込まれてしまった理由の一つは、間違いなく英鈴の処方してきた薬にあるわけだ。薬と、それに伴う朱心からの『寵愛《ちょうあい》』。

（そういえば呂賢妃様の取り巻きも黄徳妃様も、何かといえば私のこと、薬に詳しい、薬が専門、って言ってきて……）

月餅《げっぺい》を手土産に立ち寄った、あの日のことをもう一度思い出した。

本来は褒め言葉であっても、誰がどんなふうに言うのかで全く変わるものだ。

（いくらあの人たちに、薬の知識を褒められたからって）

と――そうまで考えて。

英鈴の脳裏で、まるで雷撃のように素早く、考えが一つだけ閃《ひらめ》いた。

「そうだ……！」

雪花が訝《いぶか》しげな表情を浮かべるのにも構わず、ぱんと軽く自分の手を叩く。

呂賢妃も、その取り巻きも、黄徳妃も、全員――英鈴が薬に詳しいという点については、まったく疑っていない。そうなれば付け入る隙は、そこにこそあるのではないか。

（私は薬に詳しくて、薬に関しては間違ったことを言わないって、みんなが思っているのなら……！）

閃いた良案が消えないうちにと、英鈴は急いで机に向かう。

罌粟《けし》茶の正体を探るために調べていた書物をもう一度開き、素早く紙面をめくっていく。

「あった！」

目当ての項目を見つけた後、考えを形にするために、それから昼過ぎまで英鈴はひたすら筆を走らせた。

作り上げ、練り上げていくのはただ真犯人を追い詰めるための策ではない。

しばらくぶりの、新たなる『不苦の良薬』の立案だ。

（罌粟茶だなんて、あんな危険なものが流行《はや》ってしまうのは……この後宮が毒だらけで、いつも胸が詰まるような辛《つら》い環境だから）

一心に机に向かいつつ、真摯《しんし》に思う。

（それならみんなが少しでも明るくて穏やかに眠れるようなものを、私が作らなきゃ！それが、この後宮にいる私の役割だもの）

無論、英鈴が作れるのは罌粟茶のような強烈な薬効があるものではない。

もっと穏やかで、緩やかに身体に作用するものだ。人によっては、効果があるのか疑うかもしれない程度に。

しかしそうであったとしても、この新しい『不苦の良薬』は人の役に立つはずだ。後宮に蔓延《はびこ》る根深い病巣の治療を、少しでも進められるように、知恵を尽くして考え出したものなのだから。

「雪花！　あなた確か、お菓子作るの得意だったでしょ？　ちょっと手伝ってほしいの。それから、楊太儀様に……」

そして、中秋の宴を明日に控えた頃になって――

英鈴の新たな『不苦の良薬』は、ようやくその形を成したのであった。

＊＊＊

中秋の宴の前日の夜。英鈴は、朱心に会うために書房を訪れていた。燕志によれば、まだ執務が残っているため、今晩の朱心はここにいるのだという。

燕志が先に書房の入り口に立ち、中に声をかけた。

「失礼いたします。董貴妃《とうきひ》様がおいでございます」

「……来たか」

聞こえてきたのは、普段と変わらぬ朱心の怜悧《れいり》な声。

「通せ」

「かしこまりました。董貴妃様、どうぞ」

許可を得て、燕志の前を通り過ぎて中に踏み入る。薬童代理の仕事をしている時に何度かここには踏み入ったけれど、いつ見ても、その光景には圧倒される。

後宮の中にあるこの書房は、円柱のような形をした小さな建物で、壁一面が書棚になっており、中にはぎっしりと古い書物だの、書簡や報告書だのが収められている。

その中央に簡素な（といっても皇帝が使うものだからそれなりの大きさの）机があり、小さな明かりに照らされながらその前にふわりと座っている朱心は、まるで精緻《せいち》な彫刻のように見えた。

こちらを見た彼の目が、すっと細められる。

「失礼いたします、陛下」

「そろそろ来る頃だと思っていた」

こちらのお辞儀を遮って、朱心は言う。

「それで、なんの用だ？　よもや、命乞《いのちご》いの相談ではあるまいな」

「まさか、とんでもない」

少し強気に、英鈴は言い放つ。

「今日は陛下に、お願いしたい儀があって参ったのです。薬茶を蔓延《まんえん》させた犯人を捕まえるために……中秋の宴の席で、どうしてもやらねばならないことが」

「ほう」

興味深そうに、彼は首を傾げてみせた。

「中秋の宴までにどうにかするのではなく、宴の席で何か策を披露するつもりか」

「はい……本来なら、宴までの期間になんとかするべきでした。ただそれは不可能だったので、陛下や他の妃がたの目もある場所で、真犯人を明らかにしようかと」

つまり——宴の席で言い逃れ不可能な状況を作り、犯人以外の妃と朱心を目撃者にすること。それが、英鈴の作戦である。

こちらの言葉を聞いて、朱心はククと冷酷に笑った。

「なるほど、それはなかなか底意地の悪い作戦だな……気に入った。お前の願いとやら、聞くだけは聞いてやろう」

「ありがとうございます。それでは……」

そうして英鈴が願ったのは、たった二つだけだった。朱心自身はその場に座り、ただ口を動かすだけで済む仕事。

聞き終えた朱心は、笑みを消してふむ、と低く呟《つぶや》く。

「それだけでなんとかするつもりか」

「仰せの通りです。後は、私が動きます」

まっすぐに皇帝を見据えつつ、英鈴は言った。

「中立的な立場である陛下に、宴の席で私の味方になっていただきたいとは申しません。ですが今お願いした事柄は、陛下のご意思に反するものでもないかと思います」

「お前がどう思うかはお前の勝手だが」

わざとなのかどうなのか、酷薄な目で彼は応《こた》える。

「そうまでわかっているのなら、私が協力の確約など好まないというのも知っているはずだ。お前の願いを、聞き入れてやらねばならぬ道理などないからな」

つまり、本当に願いを聞き入れるかどうかは約束できない——と、朱心は言っている。けれど英鈴は、もはやそれに衝撃を受けるわけでもなかった。

「もちろんです」

軽やかに言ってのけ、頷《うなず》いてみせる。

「ただ、陛下に申し上げたいのは……もしこのまま私が失脚すれば、皇帝陛下はせっかく見出《みいだ》してくださった私の才を永久に失う、ということです」

「フッ」

冷淡に朱心は鼻を鳴らす。

「私を脅すつもりか？」

「脅しではなく、事実を言っているだけです」

きっぱりと英鈴は告げた。

朱心と英鈴、二人の視線がかちりと合わさる。

しばしの無言の会話の後、先に口を開いたのは、朱心のほうだった。彼は笑っている。

「いいだろう。考えておいてやる」

「……！」

自分でもわかるくらい、表情を明るくしてしまう。

「ありがとうございます、陛下！」

「考えておいてやると言っただけだ」

途端に朱心は筆を執り、いかにも邪魔だといったように、空いた左手を軽く振った。

「用事はそれだけか？　ならば、早く部屋に下がるのだな」

「はい、そうさせていただきます」

英鈴は礼儀正しく拱手《きょうしゅ》した。

「失礼しました、陛下。どうぞご無理をなさいませんよう」

「言われるまでもない」

既に机のほうに向きなおっている朱心は背でそう応えてきた。

入り口で待機していた燕志に礼を述べてから、英鈴は自分の部屋へと戻る。

(よかった……！　後は、明日に向けて準備を進めるだけ)

胸の中は不思議と、明るいものに満ちていた。

――奇妙な話だ。彼自身の言葉通り、皇帝は何も、協力を約束してくれたわけじゃない。

中秋の宴の席で、英鈴の願い通りに動いてくれるのかははっきりしていない。

以前の自分なら、皇帝の本心がどこにあるのか惑い、疑っていただろう。

もしかしたら見捨てられたのではと、弱気になっていたかもしれない。

でも今は違う。数日前のあの晩、秘薬苑で、既に確信できたから。

涙を拭《ぬぐ》ってくれた朱心の手の温《ぬく》もりが、英鈴に対する信頼の気持ちを、何よりもはっきりと伝えてくれたから。

そして――その温もりを、今も忘れていないから。

(感謝します、陛下)

心の中で、英鈴は再度彼に礼を告げた。

(ご厚意が無駄にならないよう、私、精一杯頑張ります!)

後宮を侵す毒、そしてその毒を撒《ま》く者は一体誰なのか。決戦は明日。

きっと宴の席で、すべてが明らかになる。

第五章　英鈴、猫を噛むこと

眩《まばゆ》いばかりに輝く満月が、夜空を白く彩っている。宮中のそこかしこでは酒宴が催され、歌声や笑い声が響いていた。軒下には龍神《りゅうじん》の意匠を施した提灯《ちょうちん》が飾られ、花の香と共に漂っているのは、初物の蟹《かに》料理や新鮮な果物の匂いだろうか。

宮中にいるので見ることはできないけれど、きっと実家のある永景街《えいけいがい》のほうでも、あちこちの高楼で月見が行われ、家々では賑《にぎ》やかな宴《うたげ》が開かれているに違いない。今夜——中秋節は、貴族・平民の区別なく、夜明けまで陽気に騒ぐのが恒例の日だからだ。

しかしこれから行われる、宮中行事としての『中秋の宴』は、より厳かで神聖な儀式としての側面が強い。龍神の名代として旺華国《おうかこく》を治めるとされる代々の皇帝が、皇后・妃だけを集めた宴席を設け、龍神に感謝の言葉と秋の実りの数々を奉《まつ》る——という趣旨だからだ。

そして英鈴《えいりん》にとっても、これから行われるのは一世一代の大博打《ばくち》である。

（さっき調理場をこっそり覗《のぞ》いたけど、ちゃんとこちらの希望通りになってたみたい……）

つまり朱心《しゅしん》は、どうやら、願い事のうちの一つを聞き入れてくれたようだ。

あとは、二つ目の願いを叶《かな》えてくれるかどうか。

（いいえ、陛下ならきっと聞いてくれる！）

――だから後は落ち着いて、できる限りのことをするだけ。

中秋の宴が催される場所に移動しながら、英鈴は衫《さん》の袖《そで》の内側で拳《こぶし》を握った。

宴の席には、宮女も宦官《かんがん》も入れない。文字通り、これからは妃たちとの直接の勝負になる。

そしてその宴が開かれるのは高位の妃嬪《ひひん》しか入れない庭の、ひときわ月が美しく見える場所である。

秋の花々が咲き乱れる広場に、朱塗りの食卓と椅子とが並べられている。皇帝陛下のものは彫刻が施された象牙《ぞうげ》の台の上に――四妃たちのためのものは、ちょうど皇帝の座席の後方で正方形を形作るように並べられている。

英鈴が席に着いた時には、既に他の三人の妃たちが集まっていた。そう、三人――

「あっ……王淑妃《おうしゅくひ》様！」

つい驚き、英鈴は声をあげてしまう。

「いらしていたんですね」

「ええ、今日ばかりはね。面白いものが見られると思って」

ひらひらと手を振る王淑妃は、今日も夜空に映える銀色の髪を靡《なび》かせている。

英鈴のちょうど正面の席に座っている彼女は、「ところで」と言いつつ視線を横に動かした。――呂賢妃《りょけんひ》と黄徳妃《こうとくひ》も、既に着座している。呂賢妃は英鈴の隣、黄徳妃は斜め向かいの場所。

監視は何日もしていたけれど、こうして正面から会うのは久々だ。英鈴は礼儀正しく、彼女らに向かって頭を下げた。

「お久しぶりです、黄徳妃様、呂賢妃様。本日はどうぞよろしくお願いいたします」

「……」

「まあ、董貴妃《とうきひ》殿。お久しぶりですね」

今日も今日とて視線も動かさず、あからさまに無視してくる呂賢妃。

一方で黄徳妃は、まるで以前のやり取りなど何もなかったように、にこやかにしている。その頭には、今夜もあの翡翠《ひすい》の髪飾りが光っていた。

「今日の月はとても美しいこと。ここのところ、ずっと晴れていたお蔭《かげ》でしょうね。そういえば……」

黄徳妃はさらに言葉を重ねる。

「菫貴妃殿、例の薬茶の事件はどうなったのでしょう？　あれからどうされているのかと思って、心配していたんですよ」

心底そう思っているように、彼女は眉《まゆ》を曇らせてこちらに問いかけてくる。

瞳《ひとみ》の色も、漂わせる雰囲気も、本当にあの日の嗜虐《しぎゃく》的な言動がまるで嘘だったように振る舞う彼女――なんて恐ろしい人物なのだろう。

改めて脅威を感じつつも、なるべくそれに呑《の》まれないようにして、英鈴は拱手した。

「ご心配なく、既に対応済みです。きっと今夜中に解決するものと思います」

「まあ、それはよかった！」

ぱあっ、と黄徳妃の顔が明るくなった。

「菫貴妃殿の身に何かあったらどうしようかと、私、とても気がかりだったんです。あなたが無事なら、本当に……」

「ふふっ」

彼女の言葉を遮ったのは王淑妃の笑い声だった。王淑妃は黄徳妃のほうを見て、くすくすと笑いを堪《こら》えるように身を震わせている。

「あの、王淑妃殿？」

黄徳妃は、上品に首を傾げた。

「どうかなさいましたか？　なぜそんなに笑って……」

「気を悪くなさらないでね、黄徳妃殿」

口元を隠しつつ、彼女はなおも笑っている。

「あなたの董貴妃殿への心配りがあまりにも素晴らしいから、なんだか微笑ましくて」

「まあ、ありがとうございます。でもそれならば、王淑妃殿のお気持ちこそ素晴らしいです」

黄徳妃と王淑妃は、しっかりと目を合わせたままで会話している。

「病弱で、足もお悪いのに、こうして中秋の宴にいらっしゃるなんて」

「ふふふふ。賢い者なら、歴史あるものを大切にするべきよね」

それから彼女ら二人は揃って、高らかな笑い声を発した。

（うわぁ……）

英鈴は思わずげっそりとした気分で、応じてくれるわけもないのに、真横の呂賢妃のほうに視線を向けた。

黄徳妃と王淑妃の会話――表面的には友好関係にある者同士のものに聞こえるだろう。しかし後宮の毒に少しは晒《さら》された、今の英鈴にならわかる。

王淑妃は黄徳妃の白々しい心配の言葉に噴き出し、応じて黄徳妃のほうは、王淑妃の病弱が『設定』なのは知っていると主張し、彼女の纏足《てんそく》を笑った。

それに対し王淑妃は、賢《さか》しらに振る舞うつもりなら、歴史ある風習である纏足を笑うなと釘《くぎ》を刺したというわけである。

（これが妃同士の睨《にら》み合いっていうやつなのかしら……犬とか猫とかの喧嘩《けんか》のほうが、よっぽど可愛らしいかも）

こちらが小さくため息を吐くと、隣席の呂賢妃がぼそりと呟《つぶや》く。

「薬臭い」

（なっ……！）

びきっ、と頭に血が上る感覚がある。

（人が息を吐いた瞬間に言うなんて、私の口が薬臭いとかそういう意味なわけ!?）

と、思わず言い返しそうになるが――なぜ呂賢妃がこんな発言をしたのかはわかる。

たぶん、月倫《げつりん》の口に丸薬を放り込まれたのに対する意趣返しか何かなのだろう。

それとも、秘薬苑《ひやくえん》の襲撃を未遂にされてしまった件への仕返しだろうか。

（……宮女たちに、あんなに無関心そうにしていたのに。一応、大事に思っているってことかしら）

結局、呂賢妃がなぜ池の畔《ほとり》に毎晩いたのかは、わからずじまいだったのも併せて――どうにも、彼女は謎の多い人物だ。そしてそんなことを考えている間に、英鈴の怒りは薄れていったのだった。

と、その時。

「やあ、皆集まってくれたのだな。待たせてすまない」

にこやかな声と共に現れたのは、丁《てい》朱心。もちろん、皇帝としての表の顔――朗らかで鷹揚《おうよう》で、温厚な人物としての登場だ。

英鈴だけでなく、他の三人の妃たちも、その場に立ち上がって最敬意を示す礼を行う。

「皇帝陛下には、ご機嫌麗しく……」

示し合わせたわけではないが、四人揃っての挨拶《あいさつ》が響くと、朱心は柔らかく手を振った。

「よい、気にしないでくれ。宴の夜だ、堅苦しい礼儀作法はなしにしよう」

ともあれ――と台に向かいつつ、彼は続ける。

「まずは龍神様に、感謝の意を伝える儀式を執り行わねば。楽しい時間はその後だな」

ゆっくりと歩いていく皇帝の姿を、全員頭《こうべ》を垂れたまま見送る。朱心は、特にこちらに向かって何か合図を送ってきたわけではない。

けれど英鈴の心には、奮い立つ何かがあった。朱心の姿を見ただけで、奮い立つ熱い想いのようなものが。

「では……」

朱心は静かに、懐から一枚の書き付けを取り出した。そしてこちらに背を向け、つまり満月に向かうと、朗々と声を発する。

『朱夏は風に従い、秋日は雲に従う。遍《あまね》く天を統べる龍の神よ、吾《われ》ここに汝《なんじ》が恵みに――』

読み上げられているのは、代々の皇帝に伝わる、龍神への祈禱《きとう》文だ。英鈴たちも頭を下げたまま、黙して祈りを捧《ささ》げる。

低く、穏やかに耳に届く朱心の声に、つい聞き惚《ほ》れてしまいそうになる。

けれど英鈴はできるだけ意識を祈りのほうに傾け、恵みへの謝意と共に、龍神に静かに、個人的な願い事をした。

――どうかこれから、自分が為すべきことを成せますように、と。

それからほどなく儀式が終了し、いよいよ宴《うたげ》の料理が食卓に並べられていく。

やはり先ほど漂っていたのは、蟹《かに》料理の匂いだったようだ。獲《と》れたての蟹の姿蒸しと豆苗《とうみょう》の蟹味噌《みそ》和《あ》え、蟹の身を使った汁もの――と、季節の食物をふんだんに使った献立が並ぶ。そしてその横に、あの紅葉饗の時と同じように、柘榴《ざくろ》や梨、甘栗や葡萄《ぶどう》などの果物が添えられていた。

それだけでなく、粕漬《かすづ》けの瓜《うり》や鰻《うなぎ》の包子《パオズ》などの小鉢もある。燕志《えんし》は黄徳妃の宮女たちとの約束を守ったようだ。一方で——

(……『あれ』は、まだ来てない)

煌《きら》びやかな食卓を見つめつつ、英鈴は思う。けれど、焦る必要はない。用意したのは、食後の甘味。この食事が終わった後が、本命なのだから。

「さあ、ひとまず準備は整ったようだな」

清酒が注がれた杯を掲げ、朱心は和やかに言った。

「では、我々の宴を始めよう。龍神《りゅうじん》の恵みに感謝を！」

高らかな宣言と共に、しかし歓声などはあがらず静かに、中秋の宴は幕を開ける。

英鈴は、他の妃たちと同じように、数々の料理に舌鼓を打つことにした。口の中いっぱいに広がるまろやかな蟹味噌の風味に、素直に衝撃を受けてしまう。

(こんなの初めて食べた……！)

なんの心配もなく食べられたら、もっと幸せなんだろうけど——などと思わずにはいられないが、考えても仕方ない話だ。

とにかく来るべき時に備えて、今は栄養を取っておこう！と開き直り、自分の食欲に忠実になる。

食卓に並ぶ料理を平らげていき――その場にいる全員が食事を終えた時、皿を下げた宮女たちが、今度は銀の盆に新たな皿と碗《わん》を載せて、しずしずとやってきた。

皿の上にあるのは、月光を受けてつやつやと輝く、二つの月餅《げっぺい》。そして白い碗に注がれているのは、甘酸っぱい香りを放つ、赤茶色に澄んだお茶である。

（……よし！）

思わず笑ってしまいそうになるのを、なんとか堪《こら》えた。――ここで事態が露見したら、せっかくの作戦が無駄になってしまう。

食後の甘味と茶が、全員の前に並べられる。

努めて冷静に、しかし期待を込めつつ、英鈴は月餅を手に取って割ってみた。

ほかほかと今なお温かな湯気を立てている菓子の断面に見えるのは、みっしりと詰まった餡《あん》と、カリカリに炒《い》られ、細かく砕かれた木の実のようなもの。生地と餡に挟まれたそれは、噛《か》みしめればきっと香ばしい食感を与えてくれるだろう。

月餅の表面に目を移せば、黒い胡麻粒《ごまつぶ》のようなものが彩りとして掛けられている。

（よかった……！）

内心で、ほっと胸を撫《な》で下ろした。そう――すべて、こちらが指定した通りになっている。

後は、朱心が二つ目の願いを聞いてくれるかどうか、だ。

どきどきと胸が高鳴るのを感じながら、英鈴は時を待つ。

すると、図らずも口を開いたのは王淑妃だった。

「あら。この月餅とお茶、変わった味だけれど美味《おい》しいわね」

誰に言うともなく、彼女は自然な様子でそう語る。

「月餅のほうは餡の甘さと歯ざわりが楽しいし、お茶は甘酸っぱくて、ほっとする味だわ。……ねえ、陛下もそう思われますわよね？」

一応丁寧に――しかし恐らく燕志の姉という立場あってのことだろう、若干気安い態度で淑妃が話しかけると、朱心も頷《うなず》いて同意した。

「うむ、王淑妃の言う通りだ。余は酸い味わいは好まぬが、この月餅と茶は格別だな！特にこの茶……ほのかに蜂蜜《はちみつ》の風味があるのが、気に入ったぞ」

たぶん、本気で気に入っているのだと思う――朱心の切れ長の瞳《ひとみ》には、喜びの色が窺《うかが》えた。

「呂賢妃はどうだ？」

彼はそのまま、他の妃にも話しかけた。当の呂賢妃はといえば、ぱくりと月餅を食べてから小さく頷いている。

「……はい。嫌いでは、ありません」

「そうかそうか！」

ははは、と陽気に笑い声をあげた後、次に朱心の目が向いたのは黄徳妃だった。

皇帝の視線を向けられた瞬間、徳妃がはっとした顔をしたのを、英鈴は確かに目撃する。

「黄徳妃は気に入ったか？　余はなかなか悪くないと思うのだが」

「は、はい」

いつになく、たどたどしい調子で黄徳妃は応《こた》える。手には半分ほどになった月餅を持っており、その頬は僅《わず》かに紅に染まっていた。

「このような月餅を食べたのは初めてですが……とても、気に入りました」

「それは何よりだ。しかし確かに、かような中身の月餅など余も初めて見るな」

朱心はその時になって気づいたような顔をしながら、周囲に呼びかけるように問いを発する。

「この月餅は、誰の発案だ？」

その言葉が耳に届いた瞬間、英鈴は、我知らず目を大きく見開いた。

――来た！

（ありがとうございます、陛下！）

英鈴は感謝する。そう、この問いかけこそが二つ目の願い事なのだ。

願い事の一つ目は、この月餅と茶を宴の席に出してもらうこと。

そして二つ目が、今の問いかけを宴の席で発してもらうこと。

今こそ、作戦を実行する時だ。

「私です」

高鳴る胸と逸《はや》る気持ちを抑えつつ、できるだけ落ち着いた調子で、説得力があるように。

英鈴はゆっくりと立ち上がりながら、宣言するように言った。

すると朱心は、いかにも意外そうな表情を浮かべる。

「ほう、董貴妃が……」

瞬間、呂賢妃と黄徳妃が月餅と茶から手を離した。いかにもさりげないふうではあるが、明確な拒絶の意がそこには見て取れる。一方、王淑妃は構わずに月餅を口に運んでもぐもぐと食《は》んでいた。

――想定通りの反応だ。英鈴はそのまま、月餅と茶について説明を始めた。

「この月餅と茶には、棗《なつめ》が使われています。棗の実を使った餡と、種子を炒ったものが月餅に。そして棗の実と生姜《しょうが》を煎《せん》じたものに、蜂蜜を混ぜたのがそのお茶です」

「そうか、棗か」

　朱心は鷹揚に頷いてみせた。

「董貴妃が作ったものならば、きっと何か薬としての意味があるのだろうな」

「はい」

　首肯してからさらに冷静に、言葉を重ねる。

「薬学の世界では、棗の種子は『酸棗仁《さんそうにん》』と呼ばれます。先ほど陛下が仰せになったように酸い味のするものなのですが、心を落ち着け、安らかな気持ちにする薬効から、養心安神薬の代表格として、広く用いられております」

　そこで一拍置いてから、英鈴は告げた。

「つまり――安眠を誘い、不眠を解消する効果がございます」

　安眠、の部分にわざと抑揚を置いて言葉を発するが、呂賢妃にも黄徳妃にも、特に反応した様子はない。そこで英鈴は、最後まで予定していた説明を語った。

「この『棗仁月餅』と『棗茶』の二つが合わさることで、名月を鑑賞するに相応《ふさわ》しい穏やかな心を齎《もたら》す薬となる、というわけです」

「なるほど、なるほど」

　興味深い、という態度を全身で表すようにしながら、朱心は続けて言った。

「しかも飲茶《ヤムチャ》の形式であるから、非常に食べやすいものだな。ふむ、董貴妃お得意の『不苦の良薬』か？」

「恐れ入ります」

一礼する英鈴。すると朱心は、またも初めて気が付いたといったような表情で月餅の表面に目をやった。

「む？　とすると、この小さな粒のようなものはなんだ？　棗ではないようだが……」

「ええ、その通りです」

背筋を伸ばし、ゆっくりと頷いてから――英鈴は、きっぱりと口にした。

「この月餅にのっている胡麻《ごま》のような小さな粒は、最近宮中で流行《はや》った安眠茶《あんみんちゃ》に使われていた花――罌粟《けし》の種でございます」

こちらがそう言い放った、その刹那《せつな》。英鈴を除く全員が、驚いた表情を浮かべた。特に黄徳妃と呂賢妃は、非難がましい目をこちらに向けている。

あわよくば、彼女らがここでもっと動揺してくれればすぐに犯人がわかったけれど、そう簡単にはいかないか。と、英鈴が少し残念に思っていると――

まるで黄徳妃たちに呼応するかのように、朱心が口を開いた。

「董貴妃、それはいかなることだ」

彼はその眉《まゆ》を顰《ひそ》め、少し悲しげな、咎《とが》めだてするような眼差《まなざ》しで、こちらを見つめている。

「例の安眠茶とやらは、たいへん危険なものだと聞いている。そんなものの材料を、この月餅に使ったというのか？」

「……」

英鈴は、しばし無言のまま朱心を見つめた。傍《はた》から聞けば、まるで皇帝自らこちらを詰問しているように聞こえただろう。実際、呂賢妃などは、いい気味だとでも言いたげに、横目でじろりと視線を送ってきている。

けれど――今の心の中にあるのは、感謝だけだった。それと同時に、改めて確信する。

(陛下は、私を応援してくれている！)

思わず笑いを零《こぼ》してしまいそうになるほどだ。

朱心はこうして自ら質問することで、こちらが動きやすいようにしてくれているのだ。皇帝直々の質問に対して答えている間は、いかなる妃たちであっても、英鈴に茶々を入れられない。

だから堂々と、英鈴は朱心に『答えた』。

「どうかご心配なく。熱して処理された罌粟の種は、広く食用にされるもので毒性はありません。安眠茶に使われたのはあくまで、罌粟の未熟な実を傷つけた際に出る物質です」

ただし――と、続けて語る。

「もし罌粟の実の香りを何度も嗅《か》いだことのある者であれば、話は別です。そうした方は、少しでもこの月餅を口にすれば、頭部の血流が活発化し、両目が充血してしまうでしょう」

「ほう……」

と、朱心は小さく声をあげる。

一方で英鈴は、素早く妃たちの様子に目を向けた。

王淑妃は、面白い話を聞いたとばかりに頷きつつ、なおも月餅を食べている。呂賢妃は、話が今一つ呑《の》み込めなかったようで僅かに怪訝《けげん》な顔をしている。

そして、黄徳妃だけが――両目の下に手を置き、どこか落ち着かない様子で、思案げな表情を浮かべていた。

どうやら、それを確認したらしい。朱心は一瞬だけニヤリと、例の裏の顔の笑顔を浮かべた。それから、こちらに向かって首を傾げてみせる。

「董貴妃、その話は真実なのか？　そのような不思議な草木があるなど、にわかに信じがたいのだが……」

「ええ。申し訳ありません、陛下」

英鈴は、確信の笑みと共に言った。

「今のは、冗談を申し上げたまでです。ただこれで、真実は明らかになったようですね」

黄徳妃に視線を移し、英鈴は強く言い放つ。

「そうでしょう、黄徳妃様」

「――！」

瞬間、全員の視線が黄徳妃に集中する。小さく息を呑んだ彼女は、しかしまたいつもの穏やかで優しげな表情に戻り、柔らかくこちらの言葉を受け止める。

「どういうことでしょう？　仰《おっしゃ》っている意味が、わかりかねますが」

ちらりと横目で朱心を気にしつつ、黄徳妃は続ける。

「それに董貴妃殿、いくら宴《うたげ》の席とはいえ、そのようなご冗談はいただけませんよ。ただでさえあなたには、薬茶の件で嫌疑が……」

「わかりかねるのはこちらです、黄徳妃様」

きっぱりと相手の言葉を遮る。

「あなたはなぜ、この宴の席で……突然、手鏡など取り出そうとなさったのですか」

「!?」

黄徳妃の瞳が揺れる。懐から取り出そうとしていた手鏡を、引っ込めたものかそのままにしたものか、まるで逡巡《しゅんじゅん》したように彼女は身をびくつかせた。

しかし、どうやらそのまま押し切ることにしたらしい。黄徳妃は少しだけ口元を引き攣《つ》らせつつも、穏やかな微笑みを形作る。

「これは……髪の乱れが、急に気になったもので」

「そうですか？　先ほどは、随分と目元を気にされていたようでしたが。もしや私がした罌粟の話を、真実だと思ってしまったからなのでは？」

「っ……！」

言われた刹那《せつな》、ついに黄徳妃の表情から笑顔が消えた。

──図星だ。もう逃がさない！

英鈴は手に汗を握りつつ、緊張で高鳴る胸を鎮めようと深く息を吸った。

そう、先ほどの話はいわゆる『鎌かけ』だ。

朱心や王淑妃だけでなく呂賢妃も黄徳妃も、この場にいる者は全員、英鈴は薬に詳しく、薬関連の事柄であれば正しいことしか言わない──と、思っていた。

だから英鈴が話した、月餅《げっぺい》に関する嘘──

つまり、罌粟の実の香りを何度も嗅いだことのある者は、この月餅を口にすれば両目が充血してしまうという話も、つい本当だと信じてしまう。

そしてあの嘘を真実と誤解して、慌てて自分の目を確認しようとしてしまう者は――すなわち、普段からあの罌粟茶の臭いを頻繁に嗅いでいる者。

罌粟茶を購入し、蔓延《まんえん》させた犯人。と、いうことになるのだ。

「……董貴妃殿、やはりあなたが何を仰っているのか、よくわかりません」

しかし、黄徳妃はなおも抵抗している。

「私は目元など、気にしてはいませんでしたが」

「あら、そうだったかしら」

月餅を食べ終えたらしい王淑妃が、今度は棗茶を啜《すす》りつつ、疑問を呈する。

「私も見ていたけれど、黄徳妃殿は目元にばかり手をやっておられたわよ。それに頭に一度も手をやっていないのに、髪の乱れに気づくなんて、辻褄《つじつま》が合わないんじゃないかしら」

「そ、それは……！」

「ふむぅ、これはどうしたことだ？」

いかにも状況が呑み込めないという態度で、朱心は首を傾げている。

「董貴妃は、冗談を言っただけだったな。しかし黄徳妃は、真に受けてしまった。そしてそれを真に受けるということは、黄徳妃は例の安眠茶を……」

「ち、違います！」

ついに皇帝の言葉まで遮ってしまった黄徳妃は、しかし声を抑えずに言い切った。

「私はあのように危険な茶など、目にしたことすらありません！」

「そうですか。以前お会いした時には、宮女の一人が持ってきたとの仰せでしたが」

「あ、あれは……！」

こちらの指摘に対していよいよ憎らしげな色さえ滲《にじ》ませつつ、しかし、黄徳妃は自分の非を認めない。

（そう。そっちがそのつもりなら！）

こんな直接的な手段を使うつもりは本来なかったけれど、仕方がない。

英鈴は視線を巡らせ、庭の垣根のほうに向かってぴゅう、と指笛を吹いた。

するとそれを合図に、賑《にぎ》やかな鳴き声と共に、何かがこちらに駆けてくる。小さく、茶色い、ふわふわした何か――

「おいで、小茶《しょうちゃ》！」

英鈴の声に応じて、楊太儀《ようたいぎ》の愛犬・小茶は、高らかにわん、と鳴いた。やがてこちらにやってきた小茶を、よしよしと撫《な》でてあげる。

そう――事前に楊太儀に話を通し、もしもの時のために待っていてもらったのだ。直接ここに連れてくるのは無理だったので、雪花《せっか》に頼んで、近くの垣根の向こう側に待機してもらっていたのだけれど。

突然の犬の登場に、黄徳妃はもちろん、他の妃たちも啞然《あぜん》としている。朱心だけは、興味深そうな顔をしている。

英鈴は妃たちに今は構わず、袂《たもと》から取り出した一包の薬——例の安眠茶を、小茶の鼻先に差し出した。

「いい子ね、小茶。これの臭いを辿《たど》れるかしら？」

頭を何度か撫でながら問いかけると、小茶はいかにも得意な仕事を頼まれたといったように、千切れんばかりに尻尾《しっぽ》を振って何度も飛び跳ねた。

それから放たれた矢のような速さで、庭の向こうへと走っていく。

（よし！）

英鈴は拳《こぶし》を握った。——楊太儀が以前、話していたのだ。小茶は匂いを当てるのが得意で、前に太儀の宮女が練香を失くした時、探し当てて持ってきてくれたほどなのだと。

ましてあの安眠茶の臭いは、強烈なものである。さらに、徐順儀《じょじゅんぎ》の事件を経て薬茶のほとんどが処分されている今、一番臭いが強烈に残っているのは、大量に仕入れた薬茶が保管されていた大元の場所のはずだ。犬の鼻なら、きっと探し当ててくれるだろう。

（これだけ高位の人が集まっていて、宮女たちも手出しできないこの状況でなら、言い逃れもできない！）

「私は小茶を追ってきます。失礼いたします！」

ぺこりと朱心に頭を下げ、英鈴は走って小茶に続いた。

駆ける背に、黄徳妃が戸惑った声をあげたのが届く。

「あっ、ま……待って、そちらは！」

がたりと椅子を蹴《け》るようにしながら、黄徳妃もまた英鈴たちを追った。

英鈴たちが走り去った直後。

「おや、何か面白い展開になったな」

朱心は泰然と椅子に座ったまま、高らかに笑う。一方で、王淑妃は呂賢妃に問いかけた。

「足がこうでなければ、私も追いかけたところだけど……呂賢妃殿、あなたはいいの？」

「……いい」

呂賢妃は、さもつまらなそうな表情で呟《つぶや》く。

「どうでもいいことだから」

＊＊＊

小茶を追ってしばらくした頃、英鈴は、見知った場所に来ているのに気づいた。

黄徳妃の庭の近く。西の外れ、妙に開けた場所——

（あの幽鬼の呻《うめ》き声の場所！）

——仮に黄徳妃が犯人なのだとしても、てっきり、彼女の居室のほうへ小茶は行くと思っていたのに。

意外な展開に驚いていると、立ち止まった小茶が、わんわんとある一角に向かって吠《ほ》えている。

それはあの小さな石碑の傍だった。

「小茶、どうしたの。ここに何かあるの？」

問いかけながら宥《なだ》めつつ、地面に視線を走らせる。すると月明りに照らされて——そう、まさに満月の皓々《こうこう》たる光がなければ気づかないような、石碑の陰に——小さな取っ手がある。地面から直接生えているかのようなそれの周囲は、さらによく見れば、微妙に盛り上がっていた。ちょうど四角形を形づくるように。

（もしかして、地下への入り口……？）

反射的にそう思った英鈴の判断は早かった。取っ手を両手で引き上げると、地面の一部と思われた部分は扉となった。しかもそのまま、大した力も要せずにすんなりと開く。

見えたのは、やはり、下へと続く長い石の階段。その奥からは、人間の鼻でも感じ取れるほどの異臭——あの罌粟《けし》茶の臭いが漂ってきた。

そして、戸口が開いて数秒の後——

『ウォオオォオオオ、オォオ、ォォォオオオ……！』

聞こえてきたのは、あの幽鬼のような呻き声。慟哭《どうこく》のようでもあり、獣の吠え声にも似ている、恐ろしい声音である。

（うっ……！）

どうやら、真実が知りたければ、この地下へ行かないといけないらしい。

生理的な恐怖感を覚える。でも、躊躇《ためら》っている場合じゃない！

「小茶、危ないからあなたはここにいて。お利口さんにしてるのよ」

楊太儀から事前に貰《もら》っていた、小茶の好きなおやつの干し肉をご褒美にあげながら言うと、小茶はわんと短く吠えて応《こた》えた。

「よし……！」

小茶の頭を一度撫でてから、ゆっくりと立ち上がる。そして、今なおすさまじい叫び声の主がいる地下へと、足を踏み外さないように一歩ずつ、向かっていく。

（落ち着いて……！）

英鈴は、心の中で何度もそう自分に言い聞かせた。

（下にいるのはお化けじゃない。たぶん、同じ人間よ！）

人間だったら人間だったで、意思疎通できるのかという問題はある。けれどあまり余計なことは考えないようにしながら、静かに階段を下りていく。

だが声の主に近づくにつれて、相手の呻き声の内容が、だんだんはっきりと聞こえてくるようになってきた。どうやら地下からこの通路にかけて音が奇妙に反響して地上に届いていたせいで、声が意味をなさない呻きのように聞こえてしまっていたらしい。

声の内容は、こんなものだった。

――早く、持ってきてえええ！

――足りないぃい、全然これじゃあ足りないのぉおお！

――眠れない、眠れない、眠れないぃいいい！

声の主は恐らく女性、こちらよりもかなり年上。

しゃがれた声が相手の必死さと、重ねてきた年月を思わせる。

（もし年配の女性なら、どうしてこんな場所に？　……まさか）

過《よ》ぎったのは、しかし、未《いま》だ憶測だ。

階段も、もう残り少ない。地上から届く月の光もだいぶ乏しくなってきたけれど、その代わりというべきか、最深部からは僅《わず》かに光が漏れていた。

英鈴は思い切って一気に階段を下り、光の漏れる先――眼前の扉を開け放った。

すると！

「足りない、足りない、足りないぃいいいっ！」

「うっ……!?」

ついにはっきり聞こえるようになった異様な叫びと、立ち込める臭気。英鈴は思わずたじろぎ、鼻と口を覆った。石造りの部屋の片隅に置かれた小さな灯火《ともしび》が、その場の異様な光景を照らし出している。

部屋にある家具は、大きな寝台だけだった。赤い絹で作られた寝具は間違いなく一級品と呼べるであろうもので、この牢屋《ろうや》のごとく寒々しい部屋にあって、いっそ場違いなほどである。

そしてその寝台に横たわり、必死に何かが足りないと訴え続けているのは、一人の女性。枯れ木のように痩《や》せ細った身体に上質な衣を纏《まと》い、白髪を振り乱して叫んでいる。顔の造作は、往年は整った美しさを誇っていたのだろうと一目でわかるものだった。ただ、今はその肌にはいくつもの皺《しわ》と染みがあり、何より、目の下には深刻なほどに黒い隈《くま》ができている。

さらに寝台の周りには、あの罌粟茶が入っていると思《おぼ》しき大きな麻袋が、いくつも積み上げられていた。茶を淹《い》れるための道具や碗《わん》の類《たぐい》も、近くに転がっている。

まさか、これだけの量がまだ宮中に隠されていたなんて。それに状況から考えて、出回っていた罌粟茶はすべて、この人物のために用意されたものだというのだろうか——

(まずは、話を聞かないと!)

怯《ひる》んでいては何も始まらない。英鈴はおもむろに、寝台へと足を一歩踏み出した。

しかし次の一歩を踏み出す前に、後ろから突き飛ばされる。

「わっ!?」

「その人に近寄らないで!!」

たたらを踏んだ英鈴の横を、叫びと共に風のように走り抜けていったのは、黄徳妃だった。彼女は寝台の前に辿り着くと、こちらを向いて大きく腕を横に広げる。誰も近づけさせまいとするように。

そして黄徳妃の表情は、もはや、今までの穏やかなものとはまったく異なっていた。ほとんど泣き出しそうな顔だ。歯はその薄い唇を噛《か》みしめ、眉《まゆ》はきりりと吊《つ》り上がって、潤んだ目でこちらを睨《にら》んでいる。

（まるで、小さい女の子みたい）

そんな場違いな言葉が脳裏を過ぎりつつも、英鈴は努めて落ち着いた口調で、相手に問う。

「黄徳妃様、そちらの方は？　お知り合いなのですか」

「！」

ぴくり、と黄徳妃の肩が震える。しかし彼女はなおも体勢を崩さぬまま、必死な様子で応えた。

「あなたには関係ありません、董貴妃殿。今すぐに立ち去って、この場所のことはすべて忘れなさい！　でなければ私の家の力で、永景街にあるあなたの家の店を……！」

「ふうむ、それは穏やかではないな？」

剣呑《けんのん》な雰囲気を打ち破る、どこかとぼけてすら聞こえる温和な声。朱心だ。

弾《はじ》かれたように背後を見やると、果たして、彼は供連れもなくここに来ている。

こちらと目が合うと、彼はにっこりと笑った。

「黄徳妃、そちらの女性は？　なぜ董貴妃は、この場所を忘れねばならぬのだ。余もここへ来てしまったが、忘れねばならぬものなのか？」

「しゅ、朱心様」

うわごとのように曖昧《あいまい》な発音で、黄徳妃は彼を名で呼んだ。だがそれは不敬だと思ったのだろう、彼女は自ら頭《かぶり》を振って言いなおす。

「違います、陛下！　その、この女性は……！　わ、私はただ、この人を……」

懸命に言い訳を探すようにしながら、黄徳妃はうろたえている。けれどそれを止めたのは、英鈴でも、朱心でもなかった。

「あ……！」

黄徳妃の背後、寝台の女性。それまでずっと何かを要求して叫び続けていた彼女が、にわかに、何かに気づいたかのような声をあげたのだ。

半身を起こしたその女性の視線が捉《とら》えているのは、朱心である。

「げ、玄心《げんしん》、様？」

その目から大粒の涙を零《こぼ》しつつ、彼女がかさついた唇で呼んだその名は、確か――

（先帝陛下の名前？　なんで今……？）

後宮に入る前、先帝が亡くなった際にたびたび聞いたその名の記憶を呼び起こした英鈴は、内心で疑問を浮かべた。朱心もまた、なんとも応えられずにその場に留《とど》まっている。

しかし、黄徳妃は違った。

「袁太妃様《えんたいひ》っ！」

寝台の女性を彼女はそう呼ぶと、もはや英鈴たちには構っていられないとばかりに、その袁太妃の元へと駆け寄った。

太妃とは――先帝の側室に対して用いられる称号だ。

袁太妃の細い手を取り、黄徳妃は必死に呼びかける。

「違います袁太妃様、あの方は玄心様ではありません！　玄心様は、先帝陛下はもう、何ヶ月も前にお隠れに……」

「嘘を言わないで！」

途端にその目を血走らせ、袁太妃は黄徳妃の手を振りほどいた。

「私をあの方から遠ざけるつもりなのね!?　来賢《らいけん》、鈴清《れいしん》、来なさい！　この者を追い出して！」

恐らくは部下の名を、袁太妃は呼んだ。そんな人物、ここにいないのに。

「袁太妃様、違います、私です……黄育夕《こういくゆう》です！　どうか、思い出して……」

「育夕!? 誰よあなた、そんな名前聞いたこともないわ！」

もう一度取ろうとした手を強く叩《たた》かれた黄徳妃——育夕とは、彼女の名なのだろう——は、強い衝撃を受けたようにその場にしゃがみ込み、震えている。

「う、うぅっ……！」

そのまま両手で顔を覆い、さめざめと黄徳妃は泣いている。

一方で袁太妃は今も、ここにいない誰かの名を呼び立てて、黄徳妃を追い出そうと躍起になっている。

(い、一体……)

混沌《こんとん》とした状況。しかしそこで低く朱心が呟《つぶや》いたのが、英鈴の耳に届いた。

「なるほど。ここは冷宮だったか」

「えっ……？」

朱心の声音は、裏の顔——怜悧《れいり》で冷静なものになっている。

(冷宮って確か、王淑妃様が言っていた、罪を犯した妃嬪《ひひん》を幽閉する懲罰部屋……)

なおも英鈴が戸惑っていると、彼はこちらにしか聞こえない程度の声量で、言葉を重ねた。

「外に石碑があっただろう？ あれが証拠だ。五十年も昔に廃止されたと聞いていたが、どうやら地下室のみここに遺構としてあったらしい。それに袁太妃の名なら、私も知っている。地方の士大夫《したいふ》の家の出で、父にはかなり大切にされていた妃だったはずだが」

前の妃。そして、どうやら黄徳妃がここに彼女を匿《かくま》っていた。

ならば、王淑妃が噂として語っていた『五人目の妃』とは、この袁太妃だったのだ。

きっと袁太妃のために黄徳妃が秘密裡《ひみつり》に用意させていた衣類や食事などが、他の宮女たちに露見したことで噂が広まっていってしまったのだろう。

さらにあの『呻《うめ》き声』の噂にも理由がつく。黄徳妃が行き来するために扉を開け、それで漏れ聞こえた袁太妃の声を聞いた人間が、幽鬼のものだと話した結果が、あの噂なのだ。

英鈴があの声を聞いた晩も、黄徳妃は密かに出歩いていたのだろう。

そして、王淑妃に見せてもらった帳簿に記載されていた薬――『桂枝茉莉丸《けいしまつりがん》』も、黄徳妃が袁太妃に飲ませるために購入していたものだったのだと説明できる。しかし――

「そんな方が、どうしてここに……？」

疑問が呟きとして漏れてしまう。だが意識が思考に向けられるよりも先に、英鈴は、蹲《うずくま》っていた黄徳妃が動きはじめたのに気がついた。

「ご……ごめんなさい、袁太妃様」

涙を拭《ぬぐ》い、彼女は喚《わめ》き散らしている袁太妃に話しかける。

「け、罌粟茶《けし》が欲しかったのですよね？」

言われた瞬間、ぴくりと震えた袁太妃は動きを止めた。そして、堰《せき》を切ったようにまた喚きだす。

「欲しい！　欲しい、欲しいわ！　罌粟茶！　罌粟茶を早く持ってきて!!」

「は、はい。ただ今」

黄徳妃は悲しそうに笑うと、隅に転がっていってしまっていた茶の道具を拾う。

「今すぐ、淹《い》れますから……」

彼女の手が、後ろに山積みになった麻袋に触れる。

（そうか）

やっとわかった。袁太妃が欲しがりつづけていたのは、まさに罌粟茶だったのだ。

阿片《あへん》のもつ強い依存性に、彼女はとり憑《つ》かれてしまっている。黄徳妃がここに足を運んでいたのも、要するに、袁太妃に罌粟茶を飲ませるためであって――

「駄目っ！」

それを理解した途端、英鈴は、反射的に鋭い声をあげていた。同時に、黄徳妃の元に駆け寄り、彼女の手首を力強く掴《つか》む。

「何をするのっ、放して！」

「何をするはこっちの台詞《せりふ》です！」

抵抗する黄徳妃に負けない剣幕で、英鈴はなおも力強く言った。

「あなたもわかっているでしょう、罌粟茶は毒です！　袁太妃様は、阿片の虜《とりこ》になってしまって、あんなことを言っているだけなんです。本当に彼女を思っているなら」

何か反論しようと口を開いた黄徳妃に負けないように、大声で告げる。

「あなたと彼女の関係は知りませんが、本当に袁太妃様が大切なら！　まずは依存を断ち切り、健康な生活を取り戻させるのが先でしょう!?　このままだと、袁太妃様は食事も摂《と》れなくなって死んでしまいますよ！」

「うっ……！」

告げた瞬間、黄徳妃の双眸《そうぼう》から、ぽろりと涙が零れる。手にしていた茶道具が、軽い音を立てて床に落ちた。

「う、うぁあああ……！」

ついに声をあげて、黄徳妃は床にくずおれた。手助けすることも、これ以上かける言葉もわからなくて、英鈴は相手の震える肩にただ手を置いた。

一方、早く罌粟茶を持ってこいと求めていた袁太妃は、ある一点を見てまた動きを止めた。

彼女の視線の先にいるのは、朱心である。彼は皇帝としての表の顔で、少し困ったように笑いながら、ゆっくりと袁太妃の枕元に歩いていく。

(陛下、一体何を……?)

見守っていると、再度驚く。朱心がそっと袂《たもと》から取り出したのは、何かの包み――否、英鈴の作った棗仁月餅《そうにんげっぺい》だった。白い絹の手巾《しゅきん》で、包んで持ってきていたのだ。

「董貴妃」

朱心は、静かにこちらに呼びかける。

「そなたの作ったこの月餅は、鎮静作用があるのだったな」

「は、はい。即効性があるわけではありませんが……」

「何、それで構わぬさ」

穏やかに朱心は言ってのけると、辿《たど》り着いた袁太妃の目の前に、そっと月餅を差し出した。

袁太妃は、虚を衝《つ》かれたような眼差《まなざ》しでそれを見ている。

「玄心様……?」

ぼんやりとしたその瞳《ひとみ》が、朱心を捉《とら》えている。明らかに先帝を重ねて見ているだけなのだが、朱心は、それを指摘することはなかった。

「袁太妃、挨拶《あいさつ》もできずすまなかった」

父親である玄心に、今は成り代わっているのだろうか。朱心は穏やかにそう言うと、袁太妃のか細くかさかさした手を優しく取り、自分の持つ月餅へと重ねた。

「さあ、これを食べよ。気分が落ち着くぞ。腕のよい薬師《くすし》が、お前のために作ったものなのだ」

「わたしの、ため……？」

袁太妃は、虚《うつ》ろな目のままではあるが、朱心の言葉に反応した。そして彼女は月餅を受け取り、しばらくじっとそれを見つめた後——ゆっくりと、その口に運ぶ。

噛《か》みつき、咀嚼《そしやく》して、それを呑《の》み込んだ彼女は一瞬、驚いたように目を見開いた。そのまま何度か月餅を口にした袁太妃は、やがてすべて平らげる。

そして直後、彼女の両目から静かに溢《あふ》れたのは、清らかな涙だった。

「ああ……」

その唇からは、落ち着いた、しとやかな女性の声が漏れる。

「ああ、美味《おい》しい……」

「えっ……!?」

袁太妃の声を聞くや否や、黄徳妃は勢いよく身を起こした。彼女はこちらには構わず袁太妃のところへ近づくと、恐る恐る声をかける。

「あ、あの。袁太妃、様？」

「あら」

黄徳妃のほうを見やった袁太妃の瞳には、今や、うっすらと理性の光が宿っているように英鈴には見えた。依存性に侵され、あるいは別の病にも苛《さいな》まれていた彼女の意識が、ここに戻ってきたのだと言うべきか。

袁太妃は、皺《しわ》の刻まれた顔で温和な笑みを浮かべてみせた。それから、幼子に言うように優しく、黄徳妃に話しかける。

「育夕ちゃん、どうしたの？　また泣いていたの、涙が出てるわ……」

「こっ、これは……！」

「また苛《いじ》められたの？　かわいそうに。こちらにいらっしゃい」

そう、それはあたかも、母親が愛娘《まなむすめ》に声をかけているかのように。袁太妃はその両腕を広げて、黄徳妃をそこへ誘《いざな》った。

「う……！」

黄徳妃は、一瞬、堪《こら》えきれないといった様子で俯《うつむ》いた。しかし——

「うわぁああん！」

袁太妃の腕の中に、飛び込んでいったのだった。袁太妃は、そんな黄徳妃の頭を、まるで壊れ物に触れるかのように繊細に撫《な》でてあげている。

「そう……そうね、また私があなたを泣かせてしまったのね。ごめんね……」

その言葉は、既に完全に理性を取り戻していた。そして——きっと彼女の意識がそうなるのは、もう随分と久しぶりだったのだろう。

さらに激しく、黄徳妃は泣きに泣いている。

ちょうど寝台を挟んで反対側に立っている朱心は、その光景を、表と裏の顔が両方ない交ぜになったような、温厚だがどこか寂しげに見える表情で眺めている。

英鈴は——やはり、何もかける言葉を見つけられない。しかし自分の中の冷静な部分が、この現象の理由を解き明かしていた。

先ほど朱心に言った通り、棗仁月餅は、それ自体が強力な鎮静作用を持つわけではない。つまり月餅を食べたからという理由だけで、袁太妃が正気を取り戻したというのは間違っている。

朱心が彼女に月餅を差し出し、彼女がそれを食べた——それこそが、袁太妃の理性を取り戻した理由だ。

彼女は、朱心を先帝だと誤認していた。そしてきっと、かつて寵愛《ちょうあい》を受けていた者として、また先帝に会いたいと願う気持ちがいつも心の奥底にあったのだろう。それが、恐らくは先帝とよく似た外見の朱心によって疑似的に叶《かな》えられ、さらに月餅の穏やかな鎮静作用が、彼女の精神を徐々に落ち着かせた。

そのお蔭《かげ》で、袁太妃はかつての心に戻ることができたのだ。

もしそうなるとわかっていて、彼女に月餅を渡したのだとしたら――朱心の判断力が、やはりすさまじいとしか言いようがない。

(そもそもここに月餅を持って来たのだって、何か役に立つかもと思ったからだろうし)

そう思うと、こんな状況であっても、ほんの少し嬉《うれ》しいと英鈴は感じた。

かたや袁太妃は、泣きじゃくる黄徳妃の頭を優しく撫でながら、静かに語りはじめる。

「こうして、あなたを抱き締めるのは……何年ぶりかしらね。あなたがここに来たばかりの頃……朱心様が立太子されて、あなたが黄家からここに来た頃かしら」

枯れ枝のような指が、そっと黄徳妃の翡《ひ》翠《すい》の髪飾りに触れた。

「あの頃は、本当に辛《つら》かったでしょうね。呂家と黄家が、互いに争って……幼いあなたたちまで巻き込まれて。今でも覚えているわ。あなたが食事に毒を盛られて、侍医がたくさん駆け回っていた夜のこと。それと呂家の幼い娘さんの、可愛がっていた猫が池に沈められて、大騒ぎになった日のこと……」

穏やかに語られる、恐ろしく残忍で、過酷な日々。

小さい頃からそんな環境に身を置いていれば、黄徳妃のように仮面を被《かぶ》るか、でなければ呂賢妃のように心を閉ざすか――そのどちらかを取らざるを得ないに違いない。

そして――

（もしかして、呂賢妃様が毎晩、池の畔《ほとり》にいたのは）

幼い頃に殺されてしまったという猫を、悼んでのことなのだろうか。

楊太儀にとっての小茶のように、心の支えとなってくれていた友を失った傷を、未《いま》だに癒《い》やせていないのだろうか。

憶測に過ぎないものの、英鈴はそう思った。

そして袁太妃の思い出話は、まだ続く。

「私は、黄家に縁があったから……あなたの味方になったけれど。かえってそれで、あなたを辛い道に追いやったんじゃないかと……今でも、悔やむ時があるの。ごめんなさいね」

「そんなっ！　そんなこと、あるわけがないじゃないですか」

勢いよく顔を上げた黄徳妃は、首を横に振った。

「あなたが私の味方になってくださったから……あなたが私をこうして慰めてくださったから、だから、私は強くいられたんです！　あなたのお蔭で、今もこうして生きていられるんです……」

「育夕ちゃん、あなたは優しい子なのよ」

まるで言い含めるように、袁太妃は言う。

「先帝陛下が突然お隠れになって……その時、運悪く私は病に罹《かか》っていて、父も亡くなって、後ろ盾を失くして。誰もが私を置いてどこかに行ってしまった時に、あなたが私を匿《かくま》ってくれたんだもの」

「そんな……そんなの、当然です！」

それ以上のものをくれたあなたを守るのは当然なんです、と黄徳妃は言い、再び袁太妃の胸で涙を流す。

見守る英鈴の頭の中で、王淑妃の言葉が蘇《よみがえ》る。

彼女は言っていた。呂家と黄家の争いは、ある時沈静化した、と。

そのきっかけは実のところ、皇帝の覚えのめでたい袁太妃が黄家の——正しくは黄家の娘の味方となったことにあったのだ。

それから、皇帝が崩御した時、後宮の女に与えられる選択肢は二つだという話。一つは、実家に戻ること。二つ目は龍神《りゅうじん》に祈る生活を送ること。——病で動けない人を除けば、だいたいはこのどちらかを選ぶ——そう、王淑妃は言っていた。

つまり袁太妃は、『病で動けない人』だったのだ。しかも忘れ去られ、そのまま死ぬところを黄徳妃に救われた。

二人は守り、守られながら後宮を生きる存在だったのだ。

(それがなぜ、罌粟《けし》茶の虜《とりこ》になんて)

こちらの疑問に応《こた》えるように、袁太妃が言う。

「私は……それでも、辛い日々を忘れたかった。だから罌粟茶を買って飲んで……それで今は、こんな老いさらばえた身体になってしまった。育夕ちゃん、こんなに罌粟茶を買ってくれたのも、私のためなんでしょう？」

「あ……っ！」

びくり、と黄徳妃は身体を震わせて、また頭を上げた。その視線がこちらに、そして朱心のほうを向く。

「黄徳妃」

口を開いたのは朱心だった。

「今の袁太妃の言葉はまことか？　そなたが、罌粟茶を買って後宮に持ち込んでいたのか」

「……！」

黄徳妃は、一瞬、とても辛そうな表情を浮かべた。けれど、もはや黙っているのは袁太妃のためにすらならないと思ったのだろう――無言のままだが、こくりと頷《うなず》く。

「育夕ちゃん」

黄徳妃に呼びかけるように、袁太妃が言う。その声音は、しかし、先ほどまでよりはかなりぼんやりとしたものになっていた。

「私……一つだけ、あなたに言わなければならないことが……」

「っ、な、なんですか、太妃様」

太妃の手を取り、懇願するように黄徳妃は言った。

「だ、駄目です、まだ眠らないで！　もっと私の傍にいてください！　私、あなたがいなきゃ……あなたのためなら、どんなことだって！」

「いいえ、黄徳妃」

その時はっきりと、袁太妃は彼女を『徳妃』と呼んだ。

「あなたはもう、私のことは、忘れなさい」

「……！」

告げられた黄徳妃は、目を大きく見開いたまま硬直した。その眼前で――英鈴たちの目の前で、袁太妃は、徐々に瞼《まぶた》を閉じていく。

明晰《めいせき》だった彼女の精神が、また迷妄の闇に落ちていく。

「待って、袁太妃様！　待って……」

黄徳妃の悲痛な叫びも虚《むな》しく、繋《つな》がれていたはずの袁太妃の手は、力を失った。やがてその手はぱたりと寝台の敷布の上に落ち、袁太妃の胸は、規則的に上下しはじめる。

「眠ってしまわれたのね……」

静かに英鈴が言うと、朱心は重々しく頷いた。

かたや、黄徳妃はしばらく俯き、静かに肩を揺らしていた。やがてその両手にはゆっくりと力が籠《こ》められ、白い指が、寝台の敷布を強く鷲掴《わしづか》みにして――

「っ、この毒婦が!!」

叫ぶなり、黄徳妃はこちらに掴《つか》みかかってくる！

「きゃっ……は、放してくださいっ！」

衫《きん》の襟元を引っ張る手を取り、抵抗する。

しかし眼前に迫る黄徳妃の表情は――もはやかつての穏やかで優しい仮面はすっかり脱ぎ捨てられ、怒りと憎しみでいっぱいになっている。

「あなたのせいで……あなたのせいで、袁太妃様にまで見捨てられてしまったじゃない！　あなたがここを暴き立てさえしなければ、私と袁太妃様は……！」

「なっ……！」

何を身勝手なことを！

思わずかっとなった英鈴は、負けじと相手に言い返した。

「それを言うなら、あなたが私の名を騙《かた》ってここの罌粟茶を出回らせたのがすべての始まりでしょう!?　違法な薬を買うだけでなく、なぜそんな馬鹿な真似を！」

「馬鹿な真似……馬鹿な真似ですって!?」

信じられない、といったように黄徳妃は頭《かぶり》を振った。

「あなたみたいなつまらない平民ごときが、ちょっと珍しいことができるからって、陛下に気に入られるからいけないのよ！」

これまで押し隠していた心情を吐露するように、あたかも溜《た》まった毒を吐き出すかのように、彼女は言葉を吐き続ける。

「しかもっ……薬売りですって！　袁太妃様をこれだけ苦しめた薬売りの仲間のくせに、偉そうな顔をして説教を垂れて！　あまつさえ陛下のご寵愛で、貴妃の座にまで就いて……私からどれだけ奪い取れば満足するっていうのよ!!」

「黄徳妃様……」

彼女の渾身《こんしん》の叫びを聞き、理解した途端に、頭に上っていた血がすっと冷えるのを感じる。

そう――彼女が、こちらを目の敵にしていたのは。

英鈴が、袁太妃の人生を大きく歪《ゆが》めてしまった「薬」売りの娘で、薬師《くすし》の技を振るう存在であり、かつ朱心からの「寵愛」を受けているから。

だから彼女は、英鈴が最も大切にする概念である『不苦の良薬』を捏造《ねつぞう》し、声望を落とし、可能なら後宮から追い出すことで、復讐《ふくしゅう》を果たそうとしたのだ。

それは、なんて――

(なんて、悲しい話なんだろう)

胸の中央が、ずんと痛くなる。そしてそれは、顔にも出てしまったのだろう。黄徳妃ははっとした直後、再び憎らしげに叫んだ。

「何よその顔、同情のつもり!?　私を憐《あわ》れむ権利なんて、あなたになんかっ……!」

「黄徳妃」

その時、黄徳妃の振り上げた拳《こぶし》を、後ろから取ったのは朱心だった。彼の声は穏やかで、悲しげな響きを保ったままだったが、目は怜悧《れいり》な光を宿していた。

「もうやめよ。話は余もすべて聞いたぞ」

「……!」

英鈴の襟首を掴んでいた黄徳妃の手から、力が抜ける。それに合わせて朱心は拳から手を放し、英鈴は数歩下がった。

目を伏せたままの相手の口からは、ぶつぶつと、今なお言葉が漏れている。

「朱心様、私は、あなたにだって……あなたに、大切にされていたかったから……」

その頭には、翡翠の髪飾りが、部屋の灯火《ともしび》を受けて虚しく輝いていた。

――彼女がそれを自慢したのも、きっと、朱心から歓心を得たいという今の不安な気持ちの裏返しだったのだろう。そう思いつつ、英鈴は、冷静に彼女に話しかけた。

「黄徳妃様。あなたがこれまでどんな思いで、この後宮を生き抜いてきたのか……私には知る由もないし、当然、理解できるなどと言うつもりもありません。ただ、袁太妃様がさっき仰《おっしゃ》った言葉……」

――『私のことは、忘れなさい』という言葉。

「あれは、あなたを見捨てて言ったのではないと思います」

「何よ、偉そうに」

きっ、と黄徳妃がこちらを睨《ね》めつける。

「あなたごときが、何をわかるって……！」

「わかります。だって、あなたと袁太妃様の姿は、まるで本物の母と娘のように仲睦《なかむつ》まじかったから」

なおも静かに、英鈴は語る。

「だから袁太妃様は、きっとあなたにこう伝えたかったんです。『後宮の毒を捨てて、あなたの人生を生きなさい』と」

「な……！」

黄徳妃の瞳《ひとみ》から、透明な涙がぽろりと零《こぼ》れた。

もう何度も泣いたせいで彼女の目と頬は赤く腫《は》れはじめていたが、それでも、その涙はひときわ美しく見えた。

「私の、人生……？」

まるで、初めて聞いた言葉を繰り返すように。黄徳妃は、何度もその言葉を繰り返した。

やがて彼女は、眉根《まゆね》を寄せ、どこか恐る恐るといった様子で、こちらに問う。

「董貴妃殿。あなたは……あなたは、どうなの？」

その声音からは、毒気が抜けている。

「あなたは前に、頑張るのは自分の夢のためだと言った。けれど……その夢というのは」

「私の夢は、本当に単純なんです」

英鈴は、正直に答えた。

「私は自分の力を、人のために役立てたいだけなんです」

「人の、ために」

ふう――と息を吐き、黄徳妃は項垂《うなだ》れた。

「そう……朱心様の歓心を得るためじゃないのね。あなたは、他人のために……苦難を……」

噛《か》みしめるように、彼女がそう言った直後。

燕志をはじめとした宦官《かんがん》たちが、地下室に大勢やって来て――

罌粟茶を発端とした一連の事件は、こうして、解決したのであった。

第六章　英鈴、緒を締めること

――黄徳妃《こうとくひ》の事件から、数日が経ったある日。

英鈴《えいりん》は燕志《えんし》に呼び出され、禁城にある朱心《しゅしん》の居室へと向かっていた。あれ以来特に何か身の回りで問題が起きるでもなく過ごしていたので、寝耳に水だったけれど――

（きっと、事件について何か話したいことがあるのね）

思いつつ、黄徳妃について考える。

あの後彼女は、粛々と居室へ戻されていった。黄徳妃は私財の一部で勝手に後宮に部外者を住まわせただけでなく、己の財で劇薬を購入し、あまつさえ他人の名を騙って宮中にばら撒《ま》いた。幸い被害にあった者たちはほどなく快復したとはいえ、その罪はあまりに重く、たとえ妃といえど、処罰を免れるものではない。

（でも、どうなってしまうんだろう……）

彼女の苦しみを考えると、今の英鈴には到底、黄徳妃が罰を受けて当然だなどとは思えなかった。あの時の自分の行動が、最善だったかの自信はない。

けれどあの事件を経て強く感じたのは、これからの自分がどうあるべきかだった。

（これまでは、飲みやすい薬を作れれば、それが『不苦の良薬』だと思ってた……でも、この後宮で生きていくのなら、それだけじゃ足りない）

本当に、この「後宮の薬師」となりたいのなら――苦しまずに飲めるというだけでなく、「苦しみを取り除く」こともできる『不苦の良薬』を作らねばならない。

英鈴は、そう思うようになった。

（そういえば……）

袁太妃《えんたいひ》はその後、然《しか》るべき治療院に移され、そこで療養していると聞く。

呂賢妃《りょけんひ》たちは、あれからなんの手出しもしてこなくなった。

王淑妃《おうしゅくひ》は地下室での顚末《てんまつ》を聞くと、自分も行けばよかったと悔しそうにしていたけれど、いい話のネタが増えたと喜びもしていた。

そして、朱心は――朱心に会うのは、あの中秋の宴《うたげ》以来だと、今日が初めてだ。

（お元気かしら。そうだといいけど）

そう考えると、自然と笑顔になってしまう自分がいた。やがて執務室の扉が開けられると、そこにいたのは果たして朱心――皇帝としての表の顔の状態の彼であった。

「おお、董貴妃《とうきひ》か。よく来たな」

にこやかに彼は言い、周囲の文官たちに声をかける。

「さあ、今日の話は以上だ。余はこれから昼餉《ひるげ》をとる。皆もしっかりと休むのだぞ」

文官たちは一斉に拱手《きょうしゅ》し、ぞろぞろと部屋から退出していった。

そしてしばらく経ち、部屋には朱心と英鈴、そして戸口のところに控える燕志のみになった時――

「此度《こたび》の件、大儀だったな。董貴妃」

私人としての裏の顔になった朱心は、ニヤリと怪しい笑みを浮かべた。

「素直に褒めてやる。お前のお蔭《かげ》で、私も仕事がやりやすかったというものだ」

「し、仕事……？」

てっきり黄徳妃の話をされるのだと思っていた英鈴は、驚いて思わず問い返す。

「そ、それは一体」

「なんだ、わからないのか。まあ、それも無理はない」

そこにあった椅子に優雅に座ると、彼は肩にかかった長い黒髪を払う。

「お前も知っているだろうが、黄家は些《いささ》か権勢を誇りすぎていた。彼らの得た財、人、そして地位……どれも皇家を脅かすに足るものとなりつつあった。旺華国《おうかこく》の皇帝として、それを見過ごすわけにはゆかぬ」

そこでだ――と、朱心は笑む。

「お前があれこれ、どたばたと動いている間に……黄家の金の動きを探る機会を作れた。裏側から、静かにな」

「なっ⁉」

「おまけにお前が私の言いつけ通り、安眠茶《あんみんちゃ》の犯人を見つけ出し――しかも、それがやはり黄家の愛娘《まなむすめ》たる黄徳妃だったからな。調査はより大っぴらにできるようになった。連中、案の定貯めこんでいただけでなく、悪徳商人とも繋《つな》がりがあったぞ」

おおかた、罌粟《けし》茶のやり取りは袁太妃の時代からあったのだろうがな、と彼は言う。

「ゆえに今回、あれを口実に黄家の力を大幅に削《そ》ぐのに成功した。ククッ、感謝するぞ董貴妃。お前の頑張りでまた、この国が潤ったというわけだ」

「ちょ、ちょっと待ってください！」

堪《たま》らずに、英鈴は口を挟んだ。

「黄家の力を、結果的に削ぐことができたのはわかります！　でも今のご発言だとまるで、陛下は最初から黄家が怪しいと思っていたような……もしかして安眠茶事件の裏にも、黄徳妃様がいると最初から睨《にら》んでおられたのですか？」

「当然だろう」

しれっと朱心は言ってのけた。

「お前にも言ったが、貴妃に手を出せるのは同じ妃くらいだ。王淑妃は傍観を好む、当事者にはならん。呂賢妃も違う。あれは周りの宮女どもが隠し事に向かぬうえに、やり方も直截《ちょくせつ》すぎる――秘薬苑《ひやくえん》を直接襲うほどだからな。つまり、あのような絡め手は使えない」

だから、最初から黄徳妃が怪しいと思っていた、と――

(何よ、腹立つ……！)

英鈴は、内心でぎりりと歯ぎしりをした。

わかっているなら、最初から言ってくれればよかったのに！　そうしたら、あそこまでの苦労なんてせずに済んだのに……！

(お疲れならどうぞって、獐牙菜《しょうがさい》の丸薬を差し上げようかしら)

腹立たしさのあまりにそう思ってしまうが、しかし、ふと過《よ》ぎった疑問にその感情もあっさりと薄れる。

「あの……一つ、伺ってもよろしいでしょうか」

「なんだ、許す。申せ」

「黄徳妃様はこれから、どうなるのですか？　処罰を受けるのでしょうか」

「クッ」

朱心は酷薄な笑みを浮かべる。

「なんだ、敵を憐《あわ》れむというのか？　董貴妃殿は、随分と心優しい性格のようだ」

「いえ、そんなつもりはないのです。ただ……どうしても気になって」

おずおずとこちらが言うと、朱心はフン、と鼻を鳴らして冷淡に応《こた》える。

「心配は無用だ、死罪になどせん。あの者は権勢が削がれたとはいえ黄家の者だ。妃から嬪《ひん》の位への降格。処分はそれだけだ」

「そ、そうでしたか」

息を吐き、安堵《あんど》してしまう。

妃の地位でなくなるというのは、きっと彼女や黄家にとってはとてつもない屈辱だろう。けれど、彼女は生きて後宮にいる。ならば、袁太妃の願いも叶《かな》えられるような気がしたのだ。

そうして英鈴がほっとしていると――朱心の瞳《ひとみ》が、まっすぐに向けられた。

「では、私の質問にも答えてもらおうか。董貴妃」

「はっ……な、なんでしょう」

居住まいを正して英鈴が言うと、朱心は、からかうような表情で問うてきた。

「中秋の宴の席で……お前は、いつになく堂々と振る舞っていたように見えるが。それは、私の後ろ盾があると思っていたからなのか？」

「えっ？」

質問の意味が今一つわからずに訝《いぶか》しむと、朱心は目を細めて問い直す。

「私がお前を見捨てるかもしれない……とは、思わなかったのか？」

「それは……！」

――それは、確かに。

冷静になって考えれば、そう思ったとしても無理はない。

朱心は何も約束せず、英鈴はそのまま宴の席に向かった。あの時朱心が月餅《げっぺい》を宴に出してくれず、質問もしてくれなかったとしたら、英鈴の将来はそこで閉ざされていたのだ。

（でも）

英鈴は朱心の質問を正面から受け止め、そして、はっきりと答える。

「その心配はしておりませんでした。僭越《せんえつ》ながら……陛下が私を信頼してくださったように、私も陛下を信頼しようと思っていましたから」

言い終わる直前に、英鈴は頭の片隅でちらりと考えた――こんなことを正直に言ったら、もしかしたら陛下に笑われるんじゃないか、と。

（お前ごときが信頼などとは、片腹痛いとかなんとか）

とはいえ今さら嘘を吐くのもおかしいので、最後までしっかりと言い切ってしまう。

そして英鈴は、少し祈るような気持ちで、朱心の表情を見たのだけれども――

「そうか」

ややあってからそう告げた彼の顔は、笑っていた。

笑顔ならいつものことだが、今日のそれは違って見えた。

その瞳には温かな光が宿り、口元は自然に吊《つ》り上がっている。子どものようなあどけなさすら覚える、その顔――つまり、心から嬉《うれ》しそうな笑顔。

(陛下のこんな表情、初めて……)

そう思った瞬間、英鈴の心臓が、またおかしな鼓動を始めた。

顔に一気に血が上る感覚があって、止まらない。そうだ、あの夜、朱心に抱き締められた時と同じような感覚だ――

一方で朱心は、またいつもの酷薄な笑顔に戻ってしまうと、こう言い放った。

「それはまた、随分と信用されているものだ。お前の衷心、痛み入るぞ董貴妃。報いるかどうかは、私次第だがな」

「べ、別に報いてもらおうなどとは……！」

そう反論する間にも、どきどきと高鳴る胸は収まらない。どうしてだろう――？

いつだったかにも心に浮かべたこの問いを、今度は、深く考えてみた。

——もしかして。

（私、陛下のことが……）

胸に浮かぶ回答は一つ。

それを考えるだけで、英鈴は高熱に侵されてしまったのかというくらい、自分の身体が熱くなってしまうのを感じる。けれど、どこかそれは心地よい感覚でもあった。陶酔のような、でも、どこか切ないような——

すると朱心は、こちらの表情をどう思っているのだろうか、さらに言った。

「来年になれば、喪も明ける。そして明け次第、立后を検討していてな」

「え……」

「お前はどう思う？」

とりわけ妖艶《ようえん》で、蠱惑《こわく》的で、何より美しい笑みを彼は浮かべる。

「皇后となるからには、信頼のおける者でなければな」

「な……っ！」

それって。——それって、もしかして……！

瞬間的に胸に渦巻いたのは、深く激しい喜びだ。しかしそれを圧《お》し潰《つぶ》すように、英鈴は必死に考える。

（いえ、違うでしょ英鈴！　私は、別に陛下のお気に入りの妃になりたいのではなくて！　薬師になりたいって考えているだけなんだから、その……そんな、だいたい畏《おそ》れ多いし……）

たぶん自分の顔は、赤くなったり青くなったり、忙しいことだろう。そして朱心はそんなこちらの顔色の変化を、きっと滑稽《こっけい》に思ったのに違いない。

彼はふっと冷淡に鼻を鳴らすと、静かに言った。

「何を戸惑っている？　冗談だ」

「へっ？」

「まだまだ私の仕事は、多すぎるほどに残っているのでな。お前にも、せいぜい脇目をふらずに励んでもらうぞ」

その手でこちらを指し、彼は命じる。

「董貴妃。今日付けで、またお前を薬童代理の仕事に戻す。これまで通り忠勤せよ」

「は、はい！」

真摯《しんし》な気持ちで、英鈴は拱手《きょうしゅ》して応える。

「董英鈴、これからも全力で、陛下のために力を尽くします！」

そう言い放つと、これでいい、という言葉と一緒に、なぜかちくりと痛む胸もある。

けれど実際、これこそが望んでもないことだ。またこの仕事に、日に三度朱心に会って薬に携わる仕事に戻ってこられたのだから——その喜びには、一点の曇りもない。

そして実際、英鈴はこの時まったく知らなかったのだ。

朱心はちっとも、冗談のつもりなどではなかったのだということを。

（了）

あとがき

こんにちは、甲斐田紫乃《かいだしの》です。

この本をお手に取ってくださり、誠にありがとうございます。

こうして二巻を皆さまにお届けできることが、本当に嬉《うれ》しいです。

応援いただき、深く感謝しております。

今回のお話ではたくさんの人物を登場させられたので、とても楽しかったです。

一巻に続き素晴らしい表紙を描いてくださった友風子《ゆうふうし》先生、的確なアドバイスをくださった担当編集さまに、心よりお礼を申し上げます。

ありがたいことに、本作はコミカライズ企画が進行中です。私自身、読める日を心待ちにしています。読者の皆さまにも、ぜひお楽しみいただければ幸いです。

またいつか、お会いできたら嬉しいです。今後ともよろしくお願いします！

甲斐田紫乃

富士見Ｌ文庫

旺華国後宮《おうかこくこうきゅう》の薬師《くすし》 2

甲斐田紫乃《かいだしの》

2020年２月15日　初版発行
2023年６月15日　６版発行

発行者　山下直久
発　行　株式会社 KADOKAWA
〒102-8177　東京都千代田区富士見2-13-3
電話　0570-002-301（ナビダイヤル）

印刷所　株式会社 KADOKAWA
製本所　株式会社 KADOKAWA
装丁者　西村弘美

定価はカバーに表示してあります。　◆◇◇

●お問い合わせ
https://www.kadokawa.co.jp/（「お問い合わせ」へお進みください）
※内容によっては、お答えできない場合があります。
※サポートは日本国内のみとさせていただきます。
※Japanese text only

ISBN 978-4-04-073509-2 C0193